Uma casa, muitas histórias

NILTON MORSELLI

Uma casa, muitas histórias

NARRATIVAS CURTAS & CRÔNICAS

MINOTAURO

UMA CASA, MUITAS HISTÓRIAS?
NARRATIVAS CURTAS & CRÔNICAS

AUTOR: Nilton Morselli

DIRETOR DA ALMEDINA BRASIL: Rodrigo Mentz
EDITOR: Deonísio da Silva
ASSISTENTES EDITORIAIS: Alessandra Costa e Mary Ellen Camarinho Terroni
ASSISTENTES DE PRODUÇÃO: Larissa Nogueira e Letícia Gabriella Batista
ESTAGIÁRIA DE PRODUÇÃO: Laura Roberti

REVISÃO: Daboit Textos
CONCEPÇÃO GRÁFICA: Eduardo Faria/Officio

SUPERVISÃO GERAL: Deonísio da Silva e Marco Pace

ISBN: 9788563920546
Agosto, 2023

Dados Internacionais de Catalogação na Publicação (CIP)
(Câmara Brasileira do Livro, SP, Brasil)

Morselli, Nilton
Uma casa, muitas histórias : narrativas curtas e crônicas / Nilton Morselli. -- São Paulo, SP : Minotauro, 2023.

ISBN 978-85-63920-54-6

1. Crônicas brasileiras 2. Narrativas I. Título.

23-162546 CDD-B869.8

Índices para catálogo sistemático:
1. Crônicas : Literatura brasileira B869.8
Tábata Alves da Silva - Bibliotecária - CRB-8/9253

Este livro segue as regras do novo Acordo Ortográfico da Língua Portuguesa (1990).

EDITORA: Almedina Brasil
Rua José Maria Lisboa, 860, Conj.131 e 132, Jardim Paulista
01423-001 São Paulo | Brasil
www.almedina.com.br

Ao aprender as primeiras letras,
o menino percebeu que as histórias
por ele imaginadas poderiam
ser registradas no papel.

SUMÁRIO

1
Uma casa, muitas histórias

Passando em frente a uma velha casa à venda, no centro da cidade, pensei: quanta história essa casa tem! Não que ela seja importante sob o ponto de vista histórico e deva necessariamente ser preservada, nada disso. Nela decerto jamais morou um prefeito importante, nunca se deu um encontro para criação de uma associação de notáveis ou alguma instituição se abrigou. Enfim, essa como tantas outras da primeira ou da segunda metade do século passado estão longe de merecer tombamento como patrimônio histórico e cultural. Com ou sem ela, a paisagem urbana será a mesma e a vida continuará tal e qual. Já que até agora tanto desmereci a pobre casa, passarei a analisar as qualidades que todo lar ostenta.

Algumas casas são residência de uma mesma família durante décadas, a ponto de acompanhar o desenvolvimento dos filhos, do nascimento até a saída para a faculdade ou para casar e procriar. Mas os pais, já promovidos a avós, permanecem para abrir a porta para os netos brincarem no quintal. Outras, destinadas ao aluguel, podem abrigar quatro ou cinco grupos familiares no curto espaço de dez anos. Por mais rápida que seja a passagem, a casa deixa marcas nas pessoas. Ao endereço em que passei os primeiros meses de vida, no centro da cidade, nunca mais voltei. Não tenho a menor ideia de como a casa era por dentro, já que dela minha família mudou antes que eu completasse um ano de idade. Mas ela me marcou porque foi meu primeiro teto. Já minhas marcas, essas não ficaram por lá.

Se do ponto de vista arquitetônico uma casa reflete o conceito da época em que foi construída, o que ocorre dentro dela é sinal inequívoco de como a sociedade se comporta a cada geração. Antigamente, as pessoas faziam com alegria a festa de casamento da filha embaixo de uma lona esticada no quintal e, pouco tempo depois, a sala era usada para velar o corpo do avô. O quarto maior, à guisa de maternidade, vez ou outra transformava-se em sala de parto. Porque a casa, como a vida, remete a lembranças felizes, tristezas avassaladoras e saudades que nos invadem a alma.

Na poesia "A Casa", fruto de suas memórias de menino, José Paulo Paes resume a atividade contínua de uma moradia familiar. Nos versos do poeta conterrâneo, a casa é um espaço de convivência de várias gerações e também de devaneios e medos que povoam a infância de cada um de nós. Vendê-la significa exorcizar os fantasmas. Mas, no mundo dos adultos, é uma tarefa ingrata. Para o corretor de imóveis, comercializar uma casa é coisa corriqueira de sua profissão. Para quem passou sob seu teto grande parte da vida, é um desapego material difícil. Sei de filhos que conseguem manter por muito tempo, intacto, o lugar que seus pais construíram ou compraram. Outros, com dor no coração, penduram a placa logo depois que parte o último morador, única maneira de partilhar aquele bem entre os herdeiros. Cortar esse liame exige força e coragem, porque envolve sentimentos.

Retirar o retrato da parede, desmontar a grande mesa testemunha dos ruidosos almoços de domingo, olhar pela última vez o quarto aonde a mãe vinha cobrir o menino febril no meio da noite chuvosa, contemplar o bule vazio de café e de sentido, colher o derradeiro fruto da jabuticabeira, enfim, despedir-se de cada cômodo são rituais que se faz com os olhos marejados e um nó na garganta. Um passado deixado para trás, ao som do trinco no portão.

O domicílio é asilo inviolável do indivíduo, como diz a Constituição. É a lei protegendo o refúgio indevassável em que o corpo é levado diariamente para descansar e a mente é conduzida ao verdadeiro sentido da existência. É lá, entre as pessoas queridas, que se retempera o espírito, se molda o caráter, se plantam rosas e se regam virtudes cultivadas no jardim da vida. Por mais pobre que seja o lar, sempre haverá um cachorro a esperar, um gato se equilibrando no muro e um beija-flor a colher o néctar vital.

Mesmo se não houver valor histórico envolvido, a restauração de uma casa é um ato solene, uma gentileza urbana. Não se trata de uma reforma, apenas. Significa, em resumo, manter o padrão do projeto e devolver o brilho ao acabamento original. Mas representa sobretudo gratidão aos que dela se serviram para enfrentar os desafios do cotidiano, com lágrimas e sorrisos, trabalho e lazer. É uma homenagem ao morador desconhecido que já privou daquele espaço íntimo ou dos antepassados que foram os responsáveis biológicos pela continuidade do ciclo familiar.

A fotografia daquela casa à venda no centro de Taquaritinga talvez não mereça figurar no livro de história da cidade. Mas certamente está eternizada em algum álbum de páginas puídas pelo tempo e na memória dos sentidos de muitos que viveram entre suas paredes. No mais, resta desejar que o comprador possa ter dias alegres na casa, que logo absorverá a identidade e se adaptará às necessidades e aos hábitos dos futuros moradores. É assim que o ciclo se reinicia.

2
Em defesa da serra

Com as cuestas de seu relevo formando colinas e montes de declive não simétrico, suave de um lado e íngreme do outro, escarpas, encostas e matas adjacentes, a Serra do Jabuticabal é uma reserva natural quase toda encravada em Taquaritinga. Faz jus à fama de pulmão da cidade, função para a qual devemos creditar a purificação do ar que respiramos e a regulação das precipitações atmosféricas.

Essa formação geográfica atua como fiel depositária de grande parte da diversidade biológica que nos assiste. É guarida de exemplares de flora e fauna típicas, protegidos em remanescentes de mata atlântica que despontam em seu sinuoso perímetro. Acrescente-se a esse mar de benesses os mananciais e a vida silvestre abundante, sempre prontos a oferecer aos olhos um espetáculo de cores.

A Serra do Jabuticabal é recoberta, em sua maior parte, por vegetação nativa representativa do bioma original da região. É habitada por inúmeras espécies de aves, muitas delas incluídas na lista das passíveis de extinção. Há ainda répteis e mamíferos entre os quais grandes felinos e primatas, como bugios e saguis, que contam com apenas esse local como refúgio de vida selvagem.

A beleza natural da área pode ser descrita não só pelo contraste do maciço com o relevo plano, como também pela existência de cachoeiras de portes variados que só ali podem ser encontradas. Ela também beija as margens de uma cadeia de cursos d'água: o Ribeirão de Jurema, o Barro Preto, o Ribeirão da Onça, o córrego da Cachoeira dos Martins, o córrego Santo Antônio, o córrego das Correias, o rio do Turvo e o córrego do Barreiro. Daí se conclui ser uma importante área de recarga de aquíferos, uma usina a serviço de nossos rios subterrâneos e da regulação do ciclo das águas.

Passando ao largo da paisagem digna de moldura, quase todos os anos a ação humana faz esse paraíso arder em chamas, mais ou menos entre os meses de junho e outubro. O prejuízo ambiental é constatado nos milhares de metros quadrados transformados em terra tingida a carvão. Os longos trechos de vegetação reduzidos a manchas acinzentadas podem ser contemplados até onde a vista alcança. Observado por cima, o cenário é ainda mais desolador.

Não menos angustiante é encontrar dezenas, centenas de carcaças de animais que já sucumbiram enquanto tentavam fugir do fogo que lhes destruiu o habitat. Os ninhos queimados indicam que gerações de espécies locais podem ter sido comprometidas, assim como as fontes de alimentação para os que restaram. Grupos de voluntários socorrem as vítimas da fome nos dias que se seguem ao flagelo, levando morro cima legumes e hortaliças descartados por varejões.

A Serra do Jabuticabal, que emoldura o canto de mundo que escolhemos para viver, clama por socorro. O pedido ecoa mais alto a cada período de estiagem. O fim do inverno quente de 2019 jamais sairá da mente de quem se preocupa pelo menos um pouco com o meio ambiente. O cheiro da vegetação carbonizada bateu à nossa porta, a um palmo do nariz e dos quintais pretejados de fuligem. As imagens se alojaram na retina dos que sonham com a preservação da vida vegetal e animal, bem como se preocupam com os impactos que a destruição acarreta aos moradores das áreas urbanas.

Tão constantes têm sido as agressões à serra que o desequilíbrio ambiental decorrente põe em risco o ecossistema sob seu controle. Há sinais de que o homem está em franca colaboração para o aquecimento global e todas as suas consequências. Que desde já estejamos preparados para as intempéries que virão – as temperaturas altíssimas e as alterações no regime de chuva foram as primeiras a aparecer.

"Temos sido um agente geológico nefasto, e um elemento de antagonismo terrivelmente bárbaro da própria natureza que nos rodeia", alertou Euclides da Cunha em 1901. Cento e vinte anos depois, ainda somos os "fazedores de deserto" que o autor de "Os Sertões" tão bem denominou. O triste papel que assumimos, de agentes aceleradores da força geológica destruidora do planeta, já apresenta a conta.

A primavera sempre chega trazendo chuva, e o milagre da renovação induz o verde a brotar. A natureza cumpre sua parte para repovoar o santuário ultrajado pela insensatez, que transfere para o solo a aridez das ideias. A defesa do patrimônio ambiental é responsabilidade de todos. Ainda há tempo de levar a efeito medidas de contenção, para que o canto dos pássaros continue a ser infinitamente mais alto que o crepitar das chamas.

3
O vaivém da vida

Eu tinha alguns hábitos. Petiscos na sexta à noite, pizza de sábado, frango assado e a boa e velha macarronada no domingo. Pelo menos uma vez por mês, a massa e o penoso davam lugar a um churrasco. No jantar dominical, a sobra do almoço ao som da musiquinha do Fantástico preparava o espírito para a retomada da semana. Mas, como tudo na vida, as coisas se vão do mesmo modo que chegam: sem explicação. Abandonamos certos comportamentos sem nos darmos conta. Talvez isso aconteça quanto mais nos distanciamos daquilo que fazíamos quando a família era maior, quando ainda não havíamos nos despedido de pessoas importantes, como os nossos pais. Porque a casa paterna tradicional, nos moldes como conheci, costumava ser um reloginho. Hora para tomar banho e para dormir, dias certos para comer determinados alimentos, refrigerante somente aos domingos, e olhe lá. Havia também o lugar certo na mesa sem que isso tivesse sido objeto de escrutínio. Era algo que ocorria – e pode ser que ainda ocorra – sem imposição alguma. O conjunto da obra era reconfortante, dava segurança, sentimentos que iam mudando conforme chegava a adolescência, a fase dos questionamentos.

Carregamos uma porção desses hábitos quando formamos outra família, como que copiando de maneira instintiva uma fórmula de sucesso, sem notarmos que deu certo só por um tempo, porque alguns costumes também já haviam saído de cena. Nós é que não havíamos percebido as mudanças, mesmo porque tudo tem começo, meio e fim, e "há tempo para todo propósito debaixo do céu", nos fazem saber as Escrituras. Nesse vaivém, nos identificamos com aquela história que todos já ouvimos algum dia, segundo a qual se a água que corre no rio não é a mesma, então o rio também não é mais o mesmo. Somos pessoas diferentes a cada fase, independentemente de ser ou estar solteiro, casado ou divorciado.

Às vezes a mudança pode ser repentina, pois volta e meia a vida prega peças, aquelas que têm a força de tirar do prumo, de provocar mudanças de rumo, nos obrigando a ajustar as velas, mesmo que esse ajuste seja para aproveitar os ventos contrários que estão soprando naquela hora em que singramos mares revoltos. Um amigo, em tom pessimista, sempre diz para desconfiar de longas fases em que está tudo bem, pois alguma coisa de ruim vai acontecer. Ele não está muito longe da verdade, porque os solavancos são muito naturais, e bobo de quem acha que está livre deles. Perceber que as pedras do caminho se revelam obstáculos que, uma vez transpostos, parecem ter sido colocados ali para nos fortalecer é também muito comum – e invade o campo dos mistérios entre o céu e a terra ainda não compreendidos pela nossa vã filosofia. Como retas paralelas que se cruzam no infinito, o viver de todos os animais, sobretudo os humanos, se parece, seja ele dono de uma mansão ou divida seu casebre com uma família numerosa. Fisiologicamente, temos a mesma máquina cheia de defeitos, por dentro e por fora, mas também repleta de virtudes.

Em matéria de regras, as alterações suaves são ao mesmo tempo as mais presentes e as menos perceptíveis. Não raras vezes as descobrimos ao abrir uma gaveta e reencontrar a pessoa que um dia fomos. Como arqueólogos da própria história, damos de cara com vestígios de uma civilização antiga, em que se usavam roupas estranhas e cortes de cabelo esquisitos. Os álbuns de fotografia, esses fósseis criados na pré-era digital, também sabem ser cruéis, trazendo para o presente recordações que gostaríamos de ter esquecido, mas que vivem muito além daqueles retângulos de papel amarelado: insistem em se esconder nos escaninhos da memória. É contemplando esses arquivos irremovíveis que concluímos que a metamorfose da aparência não é nada diante das transformações internas que se processaram lentamente. No meio dos quatro períodos bem marcados – infância, juventude, idade adulta e velhice – há incontáveis subfases ditadas pelas circunstâncias da vida e pelas incontroláveis disrupções que nos atravessam o caminho.

Embora exija um exercício diário nem sempre fácil, o que se deve guardar da vida é o que foi bom, independentemente do tempo que durou. Se a felicidade plena não existe, se ela é composta por momentos de alegria, que essa sua intermitência seja comemorada como se fossem epifanias. Nada é tão perene quanto os sentimentos cristalizados pelo amor. Eles têm a audácia de durar para sempre.

Ao contrário de certos hábitos cotidianos, que vêm, permanecem o tempo necessário e se vão depois de cumprirem seu papel. Viajantes do tempo e do espaço, somos marcados indelevelmente por essa alternância de texturas, valores, ideias, cores, vontades, gostos, aprendizados, chegadas e despedidas. Mas, em meio a essa reflexão numa noite fria de domingo, percebo que a água da panela já secou e eu ainda nem coloquei o miojo.

4
Santo de casa

Falando sobre a canonização do padre José de Anchieta, processo que dispensou a comprovação de milagres, um comentarista de telejornal concluiu que o povo brasileiro não está nem aí para esse detalhe, "mesmo porque santo de casa não faz milagre". Esse ditado, que coube para o caso, simboliza perfeitamente um preconceito enraizado na alma do ser humano. Quem a cunhou traduziu em gênero, número e grau a forma como as pessoas são vistas pelo vizinho, pelo conterrâneo. Não que o jesuíta Anchieta seja necessariamente um santo de casa, porque para cá veio jovenzinho, oriundo da Espanha, não sem antes estudar em Coimbra.

O homem que teve a santidade reconhecida muitos anos depois de se tornar nome de praça (praça sem banco, mas praça) em Taquaritinga sabia das coisas. Por isso deve ter decidido ganhar o mundo, mesmo que para tanto tivesse de enfrentar uma terra selvagem e recém-descoberta. O sujeito pode fazer pós-doutorado em Harvard, descobrir a cura do câncer ou inventar a máquina do tempo. Mas, se cair na besteira de voltar ao lugar em que nasceu, está frito. Sempre vão lembrar que o pai dele era um pobre coitado que vivia de bicos, que seu avô matou um cara numa briga de bar em 1945, ou que uma tia meio jeitosinha dava plantão na casa de tolerância... Se nenhuma dessas alternativas tiver ocorrido, vão inventar alguma coisa que teoricamente lhe menospreze a conquista.

Imagine, então, o que enfrenta uma pessoa comum. O cara se esforça, desdobra-se para estudar, adquire certo conhecimento, trabalha até suar em baixo da língua e, na hora da promoção, o cargo é preenchido pelo rapaz que acaba de chegar à empresa e ninguém sabe de onde veio. Tudo bem que antiguidade nunca foi prova de meritocracia. Mas em geral somos impiedosos com quem conhecemos e deliberadamente generosos com os desconhecidos – sabe disso quem viu ou leu "O Inspetor Geral", comédia escrita por Nikolai Gogol em 1836, que mostra que a impostura e a hipocrisia são traços marcantes do comportamento da sociedade.

É por essa razão que geralmente alcança o sucesso quem tem a coragem de seguir seu rumo. Está lá, nas Sagradas Escrituras, a exortação segundo a qual ninguém é profeta no lugar em que nasce. Esta passagem vai ao cerne do assunto: "E, tendo vindo à sua terra natal, Ele os instruía nas sinagogas, de sorte que, tomados de espanto, diziam: de onde lhe vieram essa sabedoria e esses milagres? – Não é este o filho do carpinteiro? Sua mãe não é Maria, e seus irmãos Tiago, José, Simão e Judas? E suas irmãs, não se acham todas entre nós? E assim faziam dele objeto de escândalo. Mas Jesus lhes disse: Um profeta só não é honrado em sua terra e em sua casa. – E não fez lá muitos milagres devido à sua incredulidade. (S. Mateus, Cap. XIII, vers. de 54 a 58).

Variações da questão "Não é este o filho do carpinteiro?" todos já ouvimos na vida. A pergunta carrega um baita preconceito. Como o filho do padeiro, do açougueiro, do feirante, do alfaiate, do motorista de ônibus, do catador de laranja, do servente de pedreiro ousa querer ensinar alguma coisa ou subir um degrau na escala social? É por isso que todos devíamos ser forasteiros, fazer a vida em terra distante. Sendo assim, com nossa origem bem guardada, seríamos julgados pela capacidade que apresentamos e não pela imagem que temos perante a sociedade. Quem garante isso é o próprio Cristo, quando diz que "um profeta só não é honrado em sua terra e em sua casa".

Embora seja uma decisão pessoal, quem foi embora para fazer a vida em outras paragens não deveria voltar, se não quiser ser alvo de línguas ferinas e ficar na mira de comentários de que fracassou, sobretudo se não tiver um belo carro importado para mostrar. Um amigo sempre diz: quando uma pessoa fica doente é melhor não espalhar a notícia, porque muitos vão desejar e até rezar para ela ficar curada, mas a maioria vai torcer para que bata as botas o quanto antes. Por falar em morte, até quem escolhe como última morada o torrão natal tem de tomar cuidado. Sempre aparecerá no velório um conhecido para contar – ou inventar – alguma história cabeluda sobre o defunto. Fez bem o padre, ou melhor, santo Anchieta ao não retornar para a Espanha. Se tivesse regressado, é bem capaz que hoje nem figuraria no panteão dos eleitos.

5
Para todos os gostos

A impressão que dá é que todo mundo tem rede social. Você lembra de um colega da quarta série, vai lá, digita o nome e ele aparece. Você descobre que Sebastião (achava que esse nome não combinava com ele, criança franzina) tem um cachorro e mora em Carapicuíba.

Mas, na vida real, conheço um monte de gente que mantém distância desses portais de relacionamento que estão na moda. Poderia estar, mas preferiu viver sossegado, sem entregar-se a essas tecnologias que roubam um bocado de tempo do nosso cotidiano.

Mas a quantidade de pessoas que mantêm um perfil em Facebook e Instagram (para ficar nos mais populares) parece superar os "off net". São atraídas pelo tráfego de publicações e compartilhamentos, que garante uma saborosa variedade de assuntos – de receitas a preces e procura por animais fujões. Fora os memes, que já predominam.

Vai dando para perceber o tipo da pessoa por seus conteúdos na "time line". Tem os engraçadinhos que fazem piada de tudo e quase nunca publicam alguma coisa séria. Dentre os humoristas, há um subtipo ainda mais interessante, que são aqueles que sabem rir de si mesmos. Esses compreenderam que levar a vida muito a sério é perda de tempo, já que ninguém vai sair vivo dela.

Uma categoria que merece respeito é a dos religiosos. Eles nos informam o santo do dia, compartilham correntes de oração, assistem às missas on line e postam mensagens que invariavelmente terminam com a frase "se você crê, digite amém". Parece que têm até uma coceirinha na mão para curtir e comentar notas de falecimento, mesmo se não fazem a mínima ideia de quem seja o defunto. E não pensam duas vezes em perguntar "o que que aconteceu?" quando a pessoa posta só um quadro preto escrito "luto".

Assemelham-se aos altruístas, outra classe sem a qual as redes sociais não seriam as mesmas. Posts de autoajuda, de temas variados, são suas especialidades. Tenho curiosidade para saber de onde tiram o continente de frases inspiradoras e o oceano de imagens fofinhas de bom dia e boa noite. Se a humanidade pós-pandemia for mesmo melhor, será graças aos altruístas de Facebook.

Já não é possível conceber redes sociais sem eles: os vendedores. Aliás, desde o Orkut, essas plataformas foram criadas para isso mesmo, para estreitar laços profissionais. Doces, pães, bolos, comidas prontas, artesanato, makes, unhas artísticas, uma infinita gama de produtos e serviços são oferecidos o tempo inteiro. Só espero que a internet com cheiro chegue logo para revolucionar de vez os negócios virtuais. Se já não desgrudo os olhos da tela, em breve, o nariz também.

Os políticos, assim como os vendedores, são onipresentes nas redes, mas para expor a própria imagem. Manter um bom nível de relacionamento é ótimo para mostrar serviço e angariar simpatizantes. O duro é driblar o grande número de fakes, os perfis falsos, criados para assacar adversários. Pior quando é o próprio político que vive de falácias.

Um tipo bastante ativo é o dos fotógrafos de pratos. O cara faz o café e posta uma foto. Come uma fatia de pudim e publica. Prepara uma sopa de capeletti e avisa todo mundo. Se vai jantar fora, faz check-in no wi-fi do restaurante e garante clics para a semana inteira. E a gente fica comendo com os olhos.

Avançando por essa linha, ainda existem os exibidos. Digo ainda porque insistem em mostrar suas vantagens financeiras, mesmo sabendo que isso é um perigo. O carro que acabou de comprar, todos os ângulos da casa bonita com jardim e piscina, a presença em festa de ricos e famosos, tudo fica muito bem registrado. As viagens, então, o exibido faz questão de postar e repostar todo ano no mesmo dia, cada vez que é avisado pela inteligência artificial da plataforma.

Existem muitos outros gêneros, como os amantes dos animais, mas não dá para falar de todos. A sorte é que a maioria dos usuários é eclética, produzindo ou compartilhando conteúdos elementares e corriqueiros, que vão do passeio de bike até a fissão nuclear.

E também a pessoa que publica as notas de falecimento e, logo em seguida, o aniversariante do dia. Ao acordar, a primeira coisa que faço é acessar esse perfil para conferir se está tudo bem. Se não for meu aniversário e minha foto estiver lá é porque morri.

Mas nenhuma espécie supera os politizados. Porque hoje, para ter algum destaque e atrair seguidores de mesmo pensamento, é preciso defender uma ideologia, qualquer uma, e saber atacar e defender pontos de vista. O interessante é que cada um fala para a sua casta, como se estivessem em ambientes fechados, onde se retroalimentam.

Porém, os bons de briga não bloqueiam. Ao contrário, adoram quando algum opositor – da linhagem antagonista, é claro – vem dar pitaco, porque aproveitam para começar uma discussão interminável. Não poupam bateria para pôr a artilharia em ação. Eles transformaram as redes em game. Ganha quem "lacra" o desafeto, valendo-se de dados inconsistentes, citações anacrônicas, fontes delirantes, enfim, qualquer arma pinçada no WhatsApp, à esquerda ou à direta.

Não há assunto espinhoso que não esteja estampado nas telas dos smartphones, pronto para o escrutínio popular. No fim das contas, as redes sociais garantem diversão para quem sabe separar os dois mundos, o virtual e o real. Mas se Karl Marx estivesse vivo, certamente elegeria outra coisa como o "ópio do povo". Certo mesmo é o Sebastião, meu amigo da quarta série, que só tem uma foto no perfil: ele com o cachorro.

6
De repente, filhos

Dias desses, assistindo a um desses canais da TV paga, topei com o documentário sobre uma jovem senhora argentina que estava internada para tratar de um câncer muito, muito agressivo. Ela já havia recebido drogas fortes, quando os médicos descobriram uma gestação de quatro semanas. Mariel, esse é o nome dela, não sabia que esperava um bebê. Aí ficou a dúvida cruel para os médicos: continuar o tratamento e prejudicar a criança ou suspender a medicação e assinar o atestado de óbito da mulher. A decisão era dela. Mas não foi necessário nem uma coisa nem outra: a família recorreu a São Luís Orione, um santo italiano cujo corpo permanece intacto muitos anos depois de sua morte. O câncer desapareceu, a criança nasceu e tudo ficou bem.

O enfoque da reportagem foi o milagre. Mas a história me fez lembrar de alguns casos de mulheres que não sabiam que estavam grávidas ou esconderam a gestação até quando puderam. Sei de uma que ocultou a barriga da maneira mais óbvia possível. Passou a usar roupas largas e, aproveitando seu corpo meio avantajado, não despertou a atenção de ninguém. No dia em que sentiu contrações, rumou para a maternidade e voltou com seu rebento no colo.

Só daí foi comprar roupinhas e fraldas, coisa que as mães previdentes começam a fazer logo, até com algum exagero. Pulou todo o estágio de consultas, ultrassons, enxoval, etc. Não perdeu um dia de serviço.

Houve também o caso da moça, bem magrinha, que usou roupas apertadas para esconder o filho dos curiosos. Evitou assim ouvir perguntas indiscretas sobre a procedência da produção independente, num tempo em que ainda isso ainda era um pouco recriminado pela sociedade. Quando ela teve o filho, provocou aquele espanto em todos a sua volta. Como assim? Conversamos várias vezes nos últimos tempos. Como ninguém notou? Tem o caso, ainda, da moça que não sabia da gravidez. A ninguém é permitido duvidar dela, e ponto final. Não sabia e acabou. Essa também era meio gordinha. Ficou sabendo que havia uma criança em seu ventre no oitavo mês, durante consulta ao médico – sentia uma indisposição estomacal. Ela ainda teria duvidado da palavra do profissional, que nem precisou de exame para cravar o "diagnóstico".

Por fim, uma história que era contada por minha mãe. Quando ela, ainda mocinha, morava no sítio, foi convidada para uma festa de casamento na fazenda ao lado. Festa das grandes. No começo, a noiva e o noivo estavam muito animados, sorrindo e conversando de mesa em mesa. Vai daí que os convivas começaram a notar a ausência do casal. Cadê a noiva, cadê o noivo? Sumiram, desapareceram do próprio casório. Já teriam partido para a lua-de-mel os pombinhos apressados? Ninguém dava notícia sobre o que teria acontecido. A situação já estava ficando estranha. Foi quando alguém anunciou à boca pequena: a noiva está no quarto, dando à luz. Um foi contando para o outro. Imagine isso em mil novecentos e guaraná com rolha. Uma noiva grávida! Mais do que isso, uma noiva parindo na festa do próprio casamento. Não me lembro direito, mas parece que a parteira estava na festa e teve de trocar a diversão pelo trabalho. Deve ser bem estranho ter vindo ao mundo justamente na data do casamento dos pais, dia, mês e ano. Esperta essa criança, nem esperou um dia a mais para nascer. Queria mesmo era participar da festa.

A ideia original era um texto para falar sobre o dia dos pais, mas as mães acabaram ocupando todo o espaço, porque são elas que fazem a parte mais pesada. O nosso papel é de meros coadjuvantes. Até na procriação temos mesmo um papel meio subalterno, não dá para negar – trabalho que pode levar apenas alguns segundos. Ainda assim foi sorte nossa a clonagem a partir de uma única célula da mãe ter sido coisa que não avançou.

7
Para recordar é preciso viver

Na casa dos quarenta anos, você não se lembra qual foi a última vez que saiu para brincar com seus amigos de infância. Nenhum de vocês percebeu que aquela era a última partida de futebol na rua. Talvez tenha sido na véspera daquele dia em que resolveu vender sorvete para ajudar no orçamento doméstico e depois engatou um emprego de aprendiz na bicicletaria. Não faz nem tanto tempo assim. Ou faz? Sei lá! A vida contada em anos tem o condão de disfarçar a velocidade dos acontecimentos e maquiar momentos de ruptura com o verniz de uma aparente naturalidade. Quando pensamos que as coisas se arrastam, na verdade elas estão dentro de um carro de fórmula 1. Sabe disso quem não via a hora de fazer 18 anos e no dia seguinte, atônito, acordou com 30 e um monte de boletos para pagar.

Ah, as contas! Elas entram no dia a dia dos adultos e, assim como nós, vão ficando sérias e carrancudas. A certeza da chegada delas mostra que trinta dias, agora em 2022, demoram tanto quanto um piscar de olhos em 1990. Até ontem um mês era suficiente para esquecer um amor e se apaixonar de novo. Hoje, mal dá para fazer um macarrão instantâneo. Um dos baratos da maturidade é que o amor fica mais estável, embora um pouco ranzinza. As instabilidades emocionais dão lugar a busca pela segurança, outro sinal de que o tempo urge, não tolera atrasos, assim como a fatura do cartão de crédito.

Mas quase ninguém se lembra do dia em que, na escola, olhou pela primeira vez com olhos de lascívia para uma colega. Ou não percebeu que era observado a um metro e meio. Nem tem uma vaga lembrança daquela cena ainda em branco e preto de quando o coração disparou ao vê-la chegar perto, ou da noite em que você foi dormir com a convicção de que não conseguiria mais viver sem ela. Sei, é difícil encontrar nos escaninhos da memória o porquê e o momento em que desistiu dela e partiu para outra. Entretanto, sempre haverá férias a separar corações. A distância às vezes é inimiga, assim como a transferência para outros colégios.

Já as primeiras vezes estão na categoria das coisas lembráveis. Mas infelizmente você não pode mais sentir a sensação do primeiro beijo consentido, num tempo em que beijos roubados não eram ilegais – hoje são politicamente incorretos. Por isso, sem querer dar um conselho, o beijo de estreia deve ser guardado para uma ocasião especial. Se bem que, quando se está apaixonado, todos os beijos de uma vida inteira remetem ao primeiro, com vantagens que só a experiência pode dar – naquela época, você não sabia direito se colocava os lábios nos pré-frontais sem tocar nos caninos, ou se acomodava a língua nos pré-molares.

No mundo interior das alegrias intangíveis, sei também que é difícil conter a lágrima ao se recordar do beijo na mãe antes de sair de casa. Das recomendações do pai que ai de você se arranjasse confusão na rua. Hoje você trocaria o melhor banquete do mundo por comer de novo, todos juntos, aquela macarronada com molho de carne moída. Mas o tempo, com seus prós e contras, não permite retroceder. Daí a recusa irrevogável de não viver nada do que esteja abaixo do intensamente, o que afasta o risco das superficialidades. Se não garante a possibilidade de arrependimentos, pelo menos será a sua história. Nesse teatro em três atos que é a vida não existem ensaios nem roteiros. Cada um tem que saber a sua hora de assumir o papel de protagonista. A mesma mão que nos empurra para o palco está aí para nos aplaudir. Até a hora em que a força mistérica nos obrigue a sair de cena.

8
O escritório de Nossa Senhora

É numa sala quadrada, pintada de um azul celeste em degradê, que Nossa Senhora cumpre seu expediente. Da sacada que se debruça sobre o mundo inteiro ou da ampla janela, contempla-se cada canto do planeta onde um vivente respira. Várias vezes ao dia, a Mãe do Céu é presenteada com procissões de anjos empunhando harpas a tocar canções suaves. Por ali também desfilam benfeitores a conduzir almas em desalinho e mentes aflitas em busca de equilíbrio. A simples aproximação do escritório matriarcal é o suficiente para que os rostos se iluminem, insuflados com as energias revigorantes emanadas do sorriso perene da mulher que um dia chorou seu Filho crucificado.

Nossa Senhora pouco descansa. Também pudera. É a mais procurada por gente dos rincões mais remotos do imenso território governado por Jesus. É chamada por vários nomes: Da Conceição Aparecida, no Brasil; De Fátima, em Portugal; De Guadalupe, no México; De Lourdes, na França; Das Angústias, na Espanha; De Czestochowa, na Polônia; De Luján, na Argentina; De Carmen, em Israel; Das Mercês, no Peru; De Quinche, no Equador; De Chiquinquirá, na Colômbia; De Coromoto, na Venezuela; Do Portão da Aurora, na Lituânia, e assim por diante. Sob várias identidades,

Maria manifesta-se a cada povo, sempre entre os pequeninos e humildes. Suas inúmeras feições, retratadas conforme o lugar, são uma materialização necessária para o nosso grau de evolução, ainda dependente de uma imagem a contemplar.

Por essa presença marcante, a Mãe do Redentor participa de cada prece diária, seja de agradecimento, seja de súplica por um socorro espiritual ou material. Com letra de professora, anota todos os pedidos em papeizinhos. São milhões a cada dia, com destino certo, pois toda noite é visitada por seu Filho, que recebe as solicitações geralmente muito além do merecimento de cada um, mas carregadas de um acréscimo de misericórdia – o bom Filho nunca deixa de atender a um pedido de sua imaculada genitora. Por isso, Nossa Senhora é a grande intercessora das causas da humanidade em geral e das súplicas dos devotos em particular.

Em seu sagrado coração os cristãos encontram acalanto, porque ela vive em plenitude de amor. Como instrumento de Deus no mundo, gerou o caminho, a verdade e a vida que mudaram a vida para sempre sobre a Terra e descortinaram uma existência eterna para o espírito. A assunção da Virgem Maria, de corpo e alma, para a glória celestial foi um presente de Deus a nós humanos, que ganhamos uma advogada sempre pronta a defender seus filhos desamparados.

A devoção mariana que se aprende ainda no berço se fortalece a cada Ave Maria proclamada. Não tenha dúvida: a oração, dita em voz alta ou no silêncio do coração ecoa no escritório maternal, uma vez que nem uma rogativa sequer fica sem sua atenção. Se nem sempre a resposta é aquela que esperamos, a providência enviada sem dúvida será a melhor, na hora mais adequada. Basta crer e perseverar no bem, porque quem se coloca sob o manto da Imaculada jamais fica sem proteção.

O contato com o escritório da Rainha Intercessora é uma linha direta inoculada no coração de seus de filhos e filhas. Toda vez que a ela recorremos, o telefone toca do lado de lá. Quando a ligação fica falha ou muita espaçada, em razão de nossa negligência, é restabelecida de lá para cá porque Nossa Senhora não permite que nem um de seus rebentos se perca, pois infalíveis são os planos de Deus. Aqueles que navegam um mar de incertezas encontram saídas, os que se desviam do caminho retomam o rumo, seja na calmaria do alvorecer ou no cair da tarde tempestuosa. Quando ondas tormentosas sugerem a certeza do naufrágio e a escuridão da noite lança suas sombras à estreita passagem, eis que um clarão rompe as trevas. É a paz que se anuncia, a paz que a sublime presença de Maria faz resplandecer sobre nós.

Quem olha para o céu, contemplando a imensidão do azul, enxerga o escritório da Imaculada. Ao fechar os olhos, pode vê-la em pleno trabalho. De Rosário em punho, Maria também se entristece quando um de seus subjuga o irmão, detrata a mensagem do Cristo e não se indigna com a penúria do semelhante. Atitudes assim também recebem especial atenção, pois exigem esforço redobrado. O contrário é que é motivo de júbilo. Homens e mulheres de boa vontade, ao exercitarem a caridade nas fileiras socorristas, constituem a extensão do abnegado serviço mariano, sempre em busca da elevação da humanidade.

9
A lista dos chatos

Quantas vezes você mudou a rota para evitar dar de cara com um chato? Certamente, muitas. Por causa da profissão que escolhi, tem sempre aquele sujeito que acha que tenho de dar uma notícia nova a cada encontro. E não disfarça o semblante de indignado se respondo com umas daquelas frases feitas, só para despistar. A pessoa insiste: mas como, você é jornalista e não tem nenhuma novidade para me contar?! Porque é comum o chato confundir notícia com fofoca. Um padre, por exemplo, não anda com um pote de água benta no bolso para benzer todo mundo o tempo inteiro. Os proctologistas, pelo menos os que conheço, não exercem seus conhecimentos no meio da rua.

Em certa madrugada, reunido com dois amigos numa lanchonete, lembrei que o Luiz Mirabelli, que tinha acabado de morrer, mantinha uma instituição folclórica chamada Comissão Selecionadora de Chatos, a Cosecha. Resolvemos fazer a nossa lista em homenagem ao saudoso amigo. Fomos falando nomes, que eram prontamente aprovados com expressões como “esse é o maior!”, “bem lembrado!”, “esse lidera o ranking!”.

Até que um dos amigos interrompeu: mas esse não é chato. O voto do propositor foi sustentado com argumentos que levaram a conclusão de que ele era um tipo de chato, o que nos obrigou a criar duas categorias: Chato Mala (aquele que diz coisas inoportunas e provoca situações constrangedoras) e o Chato Metido (que ostenta ou quer ser mais do que é).

O critério para figurar na lista era o indicado ter, pelo menos, dois dos três votos possíveis na nossa comissão. Constatamos que eles estavam por toda parte, nas mais diversas profissões. Eram muitos, mais homens que mulheres, alguns estavam no nosso convívio e outros cujas relações eram mais fortuitas – para o nosso bem – pois conviver com um chato é dose. Faz mal para o coração e para o fígado. É melhor ficar longe.

Já estávamos ali por quase uma hora, quando falei: "Peraí. Isso já está ficando chato. Será que algum de nós não merece figurar em uma categoria?" Fui fulminado com olhares que na hora não soube interpretar se eram de espanto, dúvida ou recriminação. Uma eventual inclusão seria o cúmulo da autocrítica, e não tínhamos esse distanciamento todo do próprio ego para fazer um julgamento, digamos, imparcial. Principalmente, depois de algumas cervejas.

Foi quando pedi a palavra e solenemente saquei uma verdade dita pelo grande Mário Quintana: "Há duas espécies de chatos: os chatos propriamente ditos e... os amigos, que são nossos chatos prediletos".

Rasgamos a lista. Mas de vez em quando topo com um de seus integrantes ilustres. Nem sempre dá tempo de desviar.

10
Os heróis da resistência

No começo desta semana, vi crianças brincando sobre um monte de terra de construção e pensei: que legal, ainda existem crianças que se sujam. A cena provocou uma súbita lembrança da infância. Rolar ou escorregar de cima para baixo parecia um passeio de montanha-russa, porque a noção de espaço e distância, para os pequenos, é outra. Ir a pé da minha casa até a vila em que morava a minha avó Letícia era para mim uma viagem interminável. Na verdade, não eram mais que dois quilômetros, porém uma enormidade para quem ainda tinha pernas curtas.

Agora mesmo comemoramos o dia da criança. Lembrei de que nunca tive brinquedos eletrônicos, escassos e caros naquele tempo. Só ganhava coisas simples e nunca fui infeliz por isso. Contentava-me com qualquer coisa: bola, carrinho de plástico, caixa de lápis de cor, joguinhos. Nada de pilha ou controle remoto. A bicicletinha vermelha, única, resistiu aos três irmãos mais novos, até o dia em que tentei transformá-la em ralador de mamão verde. A adaptação quase deu certo – faltaram algumas peças. A magrela virou, enfim, ferro-velho.

A gente saía escondido para ir brincar, às vezes até meio longe de casa. Não tinha perigo? Tinha, mas não sabíamos.

Uma vez fui alcançado por minha mãe quando chegava perto de uma represa que já havia feito e ainda faria muitas vítimas. Talvez nesse dia ela, com uma varinha nas mãos (minha mãe era fada), tenha me salvado – eu não sabia nadar. Incrível o fascínio infantil por água. Num dia chuvoso, ficamos a tarde inteira no Ribeirãozinho, mais ou menos na altura de onde seria construído o recinto de rodeios. O grupo de mães com GPS embutido nos encontrou, sujos como tatus. Até hoje me lembro do banho interminável para remover a crosta.

O jogo de futebol era no campinho, onde mais tarde foi feita uma praça. O terreno era muito, mas muito íngreme, o que fazia a bola ir para o meio da rua a cada jogada. Foi lá que prometi aos colegas que, assim como Pelé, aos 16 anos eu estaria na Seleção Brasileira. O sonho quase deu certo – só faltou combinar com o destino. Depois passamos a jogar no velho estádio municipal. Pulávamos o muro quando o vigia ia embora e jogávamos até o último raio de sol.

O futebol só me deu prejuízo. A turma se preparava para jogar uma partida num sítio quando um amigo me empurrou para dentro de buraco onde havia uma moita de arranha-gato. O sangue escorria por dezenas de arranhões produzidos pelos espinhos no corpo inteiro. Voltei imediatamente para casa, de bicicleta. Imagine o susto da mãe ao ver o filho com a camiseta tingida de vermelho.

O Halloween ainda não tinha esse nome, mas as brincadeiras já aconteciam. Pegávamos uma purunga seca, recortávamos boca, nariz e olhos. Aí era só acender uma vela dentro e colocar a cabeça num lugar bem visível. Contávamos com a fraca iluminação da Rua da Liberdade e as constantes quedas de energia para melhorar a cenografia macabra. A molecada se reunia para contar histórias fantasmagóricas, e todos íamos dormir com medo.

Acompanhávamos as mães nos terços e rezas, cada noite numa casa da vizinhança. Ficávamos na rua brincando e só entrávamos na hora de tomar o refresco com alguma guloseima que eram oferecidos aos visitantes pelos donos da casa. No outro dia de manhã, nos reencontrávamos na escola para combinar o que fazer à tarde.

Às segundas-feiras à noite parava para ver um jogo de futebol na TV. Sábado era deprimente. Em casa era obrigatório o "Almoço com as Estrelas", apresentado por Airton e Lolita Rodrigues, programa que só interessava aos adultos. Depois tinha o "Viva a Noite", que eu também detestava. Já "Os Trapalhões", aos domingos à noite, eram os mais aguardados. Mas quando o pai queria ver o Silvio Santos, não tinha conversa. Ele mandava. Na Telefunken preto e branco, com UHF e regulador de voltagem, a imagem demorava uma eternidade para aparecer. Um dia alguém chegou com uma tela furta-cor que tinha o poder de transformar a televisão em "colorida". Mas ela deixava o gramado, o Silvio Santos, enfim, tudo meio cor-de-rosa. Não deu muito certo.

Para mim, o almoço de domingo era o momento mais importante da semana, porque uma ou duas garrafas de guaraná Ideal eram abertas. Bebia de golinho para não acabar antes de dar cabo do prato de macarrão à bolognesa, estrela do cardápio dominical. Hoje, a criançada não pode reclamar de nada. Difícil era ser criança nos anos 1980, quando desenvolvíamos anticorpos para todas as verminoses conhecidas no mundo. Não é qualquer vento que derruba um sobrevivente do barro do Ribeirãozinho, cujas águas recebiam quase todo o esgoto da cidade.

11
Adoramos garrafa pet

Incrível a ligação entre o ser humano e as garrafas pet. O fascínio deve ter começado quando alguém descobriu que elas operavam milagres. Aqui no interior, enchia-se uma (branca, de preferência) e colocava-se sobre o relógio de força para reduzir o valor da tarifa. Bastou a conta vir com alguns centavos a menos para alguém concluir ter descoberto o "gato" legalizado! Muita gente começou a fazer o mesmo. Depois, um sujeito fabricou luminárias, fazendo buracos no teto e instalando garrafas pet brancas cheias de água. Não é que deu certo!? Aí outro inventor descobriu que um monte de garrafas plásticas, agora vazias, embaixo de um tablado fazia com que o quadrado de madeira flutuasse e virasse uma plataforma de pesca.

Depois, elas viraram matéria-prima de artesanato. Esse foi o advento, o clímax, o pulo do gato da garrafa pet, que elevou esse tubo plástico à categoria máxima, digna de aula magna no curso de engenharia de materiais. (Aqui, um parêntese: vende-se de tudo dentro dela: de refrigerante e suco natural a desinfetante. Mas o que colocou a garrafa pet na vida do homem moderno não foi o seu uso corriqueiro, normal. É o que dá para fazer com ela. Uma simples garrafa pet não é uma simples garrafa pet. Quem chuta uma na rua nem imagina o crime que está cometendo.)

Porque a garrafa pet, essa sim, tem mil e uma utilidades. Só mesmo um insensível não enxerga um boneco de neve, uma guirlanda, uma árvore de Natal, um banquinho, uma poltrona, um puf, um porta-treco, uma estante, um jogo de cadeiras, uma mesa, uma cama, um berço, um filtro de água, um vaso, uma vassoura, um guarda-chuva, uma bolsa, um piano de cauda, um avião supersônico, um ônibus espacial, tudo feito de garrafa pet.

Esse polímero, que era o vilão do meio ambiente, conseguiu mudar a própria sorte ao conquistar o ser humano com suas aplicações no cotidiano. Experimente jogar no Google a expressão "garrafa pet"; o resultado não será uma garrafa pet, mas os seus milhares de derivados. Agora mesmo vamos ver as cidades decoradas para o Natal com as respeitáveis garrafas, opção barata, ecológica e sustentável. Assim como as sacolinhas de supermercado, chegou-se a anunciar a sua retirada do mercado. É claro que voltaram atrás. O plástico dominou o mundo, mundo que hoje cabe dentro de uma garrafa pet.

12
O futuro começa agora

O que você vai ser quando envelhecer? Primeiro, temos de admitir que o futuro a Deus pertence. Para haver o amanhã, dependemos de continuar por aqui, porque só não envelhece quem morre cedo. Até os suicidas não desejam abreviar a vida. Querem é acabar com o sofrimento, real ou imaginário, de que padecem.

Apesar dos tratamentos estéticos a que muitos têm acesso, as rugas são uma consequência natural. Mas não me refiro propriamente a aparência, embora o estado físico diga muito do que seremos no futuro – se vamos correr cinco quilômetros por dia aos 70 anos ou se ficaremos presos ao sedentarismo antes dos 65.

Por dentro, o passar do tempo vai causando estragos, processos cujo ritmo pode ser acelerado ou reduzido com determinadas atitudes. Os comportamentos autodestrutivos são os mais convidativos, porque geralmente oferecem prazeres efêmeros. Não é preciso enumerá-los, pois todos estamos carecas de saber quais são.

Na outra ponta, estão as ações que em tese são capazes de nos manter ativos e saudáveis. Quanto ao físico, comer e beber com moderação e fazer exercícios. Sobre a saúde mental, ler, fazer e manter relacionamentos sólidos e felizes parecem ser a chave para uma longevidade que vale a pena.

É claro que envelhecer bem depende de outras variáveis, como uma herança genética favorável e a ausência de doenças sorrateiras. Se tiver essa sorte na loteria da vida, vou colocar em prática um plano que chamo de "tudo ao mesmo tempo agora", nome emprestado do disco de 1991 dos Titãs.

Como não pretendo parar tão cedo – o *dolce far niente*, para mim, não tem nada de doce –, vou usar a experiência acumulada e o tempo livre para escrever e editar livros. Assim como os filhos, os bons são capazes de sobreviver à morte física dos autores e evitam que uma pessoa seja solenemente esquecida em curtíssimo prazo.

Quero ser um velho legal, desses que vagueiam pela cidade indo na casa dos parentes e amigos só para perguntar como é que estão. De repente, aparecer para filar um almoço ou um café. E oferecer almoços e cafés aos que chegarem para um dedo de prosa.

Passear com a filha adulta, longe ou perto. Viajar com a cara-metade ou turmas com bom ânimo para conhecer lugares novos e brindar a felicidade de poder ter amores e amigos.

Buscar os netos de manhã e só devolvê-los à noite. Se quiserem pernoitar, passar madrugadas contando histórias de rir ou fazer medo, montar cabanas no quintal e enchê-las de cachorro quente, pipoca e doces. Vou aprender a jogar jogos eletrônicos para não parecer um dinossauro.

De segunda à sexta-feira, ir à academia de ginástica ao primeiro raiar do sol para poder aproveitar melhor o tempo até a meia-noite. Fazer todos os cursos que puder, de preferência em salas de aula, longe da solidão das telinhas de smartphone. Caminhar de tênis no fim da tarde e curtir uma happy hour para ver o sol se pôr. Ler os lançamentos, reler os clássicos, bater ponto no cinema, assistir e praticar esportes, rezar e pôr em prática o que as orações nos ensinam.

Quero também colaborar com estudantes e instituições de assistência de gente e de animais. Quem faz isso não tem tempo para se lamentar de quão a vida é dura, porque tornar menos melancólico o cotidiano do semelhante em condição menos favorecida é uma dádiva. Muito melhor estar na condição de ajudante do que de ajudado.

Em meus planos também está cultivar flores e frutos no quintal. A beleza e os aromas do verde no entorno da casa atraem pássaros e abelhas. Vou instalar uma rede sob a sombra da jabuticabeira frondosa, onde tirar um cochilo após o almoço, e uma ducha de água gelada.

Embora não dá para saber quando dobraremos o cabo da boa esperança, chegar à velhice com uma mente sã e um corpo são é mais que um anseio, é um objetivo. O futuro desejado precisa ser construído desde já. Por isso, assumir uma postura saudável a todos os aspectos da vida é uma tarefa para hoje. Exige esforço e disciplina, mas vale a pena.

13
Geração da regeneração

A notícia é boa. O mundo está a salvo. O futuro será melhor. Graças à geração que vem crescendo agora, as mudanças já estão em curso. Certamente você já se deu conta desse refinamento de costumes, mas se ainda não percebeu, as observações seguintes lhe servirão de alerta para que preste atenção ao que ocorre ao seu redor. As crianças e os adolescentes de hoje estão bastantes diferentes daquele padrão conhecido.

Na tenra idade, o ser humano costuma replicar comportamentos, conceitos e o vocabulário dos adultos, sem no entanto determinados filtros. Por essa razão, as crianças foram rotuladas como excessivamente autênticas, a ponto de dizerem em público as invectivas sobre a vida alheia que os adultos falavam em casa. Como resultado da convivência familiar, muitas usavam as palavras para praticar crueldades com os colegas. Lembro quando o pai de um menino foi flagrado praticando um roubo, fato que passou a ser usado para reduzi-lo a “filho do preso”. Era um tempo em que a palavra bullying não existia.

Por que as crianças estão perdendo esse estigma? Entre outras razões, porque são criadas e educadas por uma geração que sofreu humilhações e, mais do que isso, está imbuída da necessidade de extirpar preconceitos, discriminações em geral e comportamentos destrutivos em relação ao semelhante e à natureza. Com o instinto da sobrevivência coletiva falando mais alto, solidifica-se a consciência de que o todo depende de cada um. O resultado é o surgimento de indivíduos mais conscientes de seu papel no mundo.

Experimente fazer uma piada preconceituosa – dessas que considerávamos inofensiva – perto de uma criança ou de um adolescente? Você, adulto, será repreendido e chegará a sentir vergonha por jamais ter se tocado que o humor não tem graça quando fere alguém. Os apelidos desabonadores, que exaltam um defeito, despareceram das escolas, que estão empenhadas formar mentes livres de atavismos. A convivência assumiu um outro nível de cordialidade e tolerância, processo que não tem mais volta.

Com o tema ambiental em evidência nos colégios, desde cedo os estudantes têm contato com práticas sustentáveis. Jovens professores dessa leva antenada com as questões que afligem o planeta – como o aquecimento global e seus efeitos imediatos – vêm tendo o êxito de formar pequenos cidadãos de mentalidade grande. Para eles, recursos naturais como a água são sagrados e verdadeiramente finitos. Portanto, o uso deve ser racional. Os conteúdos são transpostos da sala de aula para a prática cotidiana.

A racionalidade, aliás, é uma marca dessa geração em movimento, da qual se pode falar com orgulho e esperança. Parte dessa força motriz pode ser creditada à tecnologia que ela tem nas mãos e domina muito mais facilmente do que aqueles que nasceram numa era mais analógica que digital.

A par do raciocínio rápido e de aprendizados que alguns desavisados chamam de precoce, há um coração mais humanizado em relação a assuntos sociais e, também, políticos. É essa geração que vai equilibrar a sociedade, implantando sistemas mais eficazes de distribuição de renda.

As crianças e os adolescentes de hoje possuem um apurado senso de justiça e honestidade, o que é ótimo, porque são eles e elas que ocuparão cargos de liderança no setor público e nas empresas. Esses aforismos em nada diminuem os que os antecederam. Gerações anteriores, dotadas de amor extremo, reproduziram padrões de um tempo marcado por guerras, grandes depressões financeiras, resquícios de escravidão, dolorosos movimentos imigratórios, escassez, além do olhar patriarcal mais voltado à satisfação das necessidades da família. Os seres recém-chegados à Terra nasceram num mundo sem fronteiras e com potencial de superar essas heranças psicológicas negativas.

A realidade que se descortina mais claramente agora é resultado da Lei do Progresso, uma das leis naturais às quais os seres humanos estão submetidos continuamente. Como consequência, assistiremos à redução da criminalidade em geral e, em particular, ao fim da violência contra a mulher. Os vícios, os gatilhos biológicos da dependência química, tendem a desaparecer. Há muito tempo a humanidade sonhava em deixar um mundo melhor para seus filhos. Pois conseguiu, e da maneira mais natural possível: deixando filhos melhores para o mundo.

14
Carta aberta para o além

Nunca compreendi direito essas cartas que as pessoas escrevem para o parente que acaba de morrer. Aliás, entendo a motivação, mas não consigo conceber a razão pela qual o familiar que ficou manda publicar no jornal, um hábito que vigora no interior. Geralmente são mensagens de amor, que falam de quão importante foi a pessoa.

Todas são endereçadas ao próprio morto. Talvez o missivista creia que o defunto ainda esteja por aqui, ou precisamente na banca mais próxima, esperando o jornal chegar. Mas tem gente que, em vida, nem morta lê jornal – como iria sua alma de uma hora para outra sentir uma vontade incontrolável de se informar?

Voltando ao tema, para não perder o foco, por que o familiar quer dar publicidade a uma carta com conteúdo tão íntimo? "Lembra quando a senhora fazia bolinho de chuva e servia com aquele chá cujo sabor nunca mais vou sentir? Que falta sentiremos!" Aqui, não se sabe direito se a pessoa fala da falta da mãe ou do bolinho.

Esse tipo de publicação comprova a credibilidade do jornal impresso, embora fique apenas subentendido que um exemplar possa chegar ao céu – porque todos acreditam que o parente foi para a eternidade celestial, de sapato e tudo.

Prova disso é que em uma carta *post mortem* nunca faltam frases do tipo: "Sei que o senhor está agora num lugar muito melhor, cuidando de nós". Santa pretensão!

Pensando bem, a redação de uma mensagem doce é reconfortante. Falar não teria o mesmo efeito, pois uma carta pode ser guardada para sempre e relida quando a saudade aperta. Publicá-la já é uma decisão muito particular – olha o paradoxo! Uma carta aberta teria o poder de compartilhar com a sociedade a dor da perda, o que não deixa de ser uma sugestão de tese para monografia de estudantes de psicologia. Ao mesmo tempo, é um necrológio permeado com as emoções íntimas dos que ficaram. Se é verdade que a vida de todo mundo dá um livro, por que desdenhar do efeito literário de uma carta escrita entre lágrimas e soluços?

A publicação em papel dessa forma de psicografia ao contrário está saindo de moda. Talvez seja mais uma consequência das redes sociais, que agora são as preferidas para se manifestar o carinho pelo ente querido. Como o mundo está cada vez mais digital, o além também deve ter avançado em tecnologia nesses últimos tempos (últimos tempos é só força de expressão, não me leve a mal. Não tem nada de apocalíptico), acredito ser esse o melhor meio para uma tentativa de comunicação. Ou talvez seja apenas porque o Facebook não cobra por centímetro quadrado.

15
O tempo de cada um

Pessoa amiga disse outro dia que seus velhinhos pararam no tempo, sem pensar que ele é célere até para quem está na ativa, ainda longe da aposentadoria, e bota longe nisso! Não saber lidar com algumas tecnologias atuais não é exclusividade daqueles que já vestiram o pijama. O pessoal da chamada meia idade, entre os quais me incluo, também precisa aprender coisas diferentes todos os dias para não ficar obsoleto.

Vejo muitos cabelos brancos nas redes sociais. Mais compartilham do que postam coisas. Pelo menos os meus amigos virtuais são assim. Aliás, os facebooks e instagrams da vida os ajudam a passar o tempo e também a entrar de cabeça nessa tecnologia que seguramos nas mãos todos os dias, os smartphones. Falar, sem dúvida, é a aplicação que menos usamos dos celulares. O mais interessante são mesmo as conexões que eles fazem com o mundo exterior, ligando os usuários ao que Carlos Drummond de Andrade chamou de "aldeia global consumística", quando o termo globalização ainda nem havia sido cunhado.

Grande parte da terceira idade não ficou de fora dessa revolução de costumes. Evidentemente, os mais escolarizados e com situação financeira melhor são os que mais se aproveitam dela. Talvez os menos estudados sejam os tais que "pararam no tempo" em relação a determinados assuntos, de acordo com seu nível de complexidade. Mas um certo grau de dificuldade atinge a todos, indistintamente. Você já parou para pensar quantas senhas já teve de memorizar?

Imagine, por exemplo, um experiente advogado que ainda datilografava suas petições na velha Remington ter de, uma hora para outra, passar a protocolá-las virtualmente, utilizando uma assinatura digital. A Justiça sem papel é uma realidade com a qual as partes tiveram de se adaptar. Os outros poderes, Executivo e Legislativo, em geral ainda vivem no modo antigo, apesar de manterem portais obrigatórios para prestação de contas. Há apenas iniciativas pontuais para melhorar esse cenário, em nome da sustentabilidade e da desburocratização.

Na minha juventude, diziam que computador era uma coisa que mordia a mão de quem tinha passado dos 40 anos. O duro que a piada tinha um fundo de verdade. Tive a sorte de trabalhar com uma dessas máquinas pensantes aos 13 anos de idade, e recebendo salário para isso! Pouco tempo depois, tomei contato com o Windows, o sistema operacional que colocou de vez o PC nas casas e empresas. Aí veio a internet e a coisa não parou mais de evoluir.

Por essa razão, entendo as limitações de quem passou a maior parte da vida alheio à informática. No entanto, eles conseguiam fazer tudo no modo analógico, lançando mão do bom e velho fax, das cartas, do cheque preenchido à tinta e das caixas de arquivos. E parece que tinham mais tempo para a família e a vida social. Não foram escravos de aplicativos de mensagens instantâneas. O expediente terminava às seis da tarde. Não viviam parados no tempo, mas paravam o tempo para curtir o que realmente importava e ainda importa.

Que felicidade fazer parte da era que viveu essa transformação, muito acelerada nessas primeiras décadas do século. Mas toda revolução tem seu preço, muito além do sentido financeiro. O comportamento diante do celular criou hábitos como déficit de atenção e de acuidade visual, vícios em redes sociais e aplicativos de mensagens. Tão preocupante quanto é a exposição da vida particular e a mercantilização dos nossos dados pessoais, que são usados para aplicar golpes – e há modalidades novas na praça todos os dias.

É dos golpistas virtuais que temos de proteger nossos velhinhos. Acreditar na palavra do outro era um hábito muito em voga no passado. Talvez nesse sentido muitos estejam ainda respirando ares de um tempo que não existe mais. Tantos são os que querem se aproveitar do semelhante, que ninguém está livre de armadilhas. Por isso, repassar fake news, cair numa conversinha mole e clicar num link malicioso são coisas que independem da idade. Não somos nós que paramos no tempo. É o tempo que está rápido demais.

16
Arte ao som de um clique

É uma boa ideia essa de alguns estabelecimentos comerciais – supermercados, principalmente – instalarem fotografias antigas na entrada das lojas. As redes buscam imagens representativas da cidade em que estão implantando a filial e terminam por encontrar uma bela solução decorativa. Subliminarmente, os painéis indicam que a empresa tem um pé fincado na história do lugar, quando na verdade estão acabando de chegar. É um jeito de o investidor forasteiro dizer no presente que respeita o passado e deseja continuar lá no futuro. Mas também pode ser apenas uma homenagem.

Há quem frequente a loja durante anos sem notar os quadros enormes ou, se algum dia percebeu, jamais perguntou que cenas eram aquelas, que pessoas eram aquelas vestidas com roupas de época. Mas tem os que se interessam, param para ver e querem saber mais do que a fotografia mostra. Difícil é encontrar alguém que possa dar informação, já que uma rápida aula de história não está contemplada no treinamento dos empregados. E geralmente os painéis não são acompanhados de legenda. Estão lá somente como decoração, ora essa.

Um supermercado em Ribeirão Preto instalou em cada caixa a réplica de um poste de luz antigo, desses que enfeitavam e iluminavam as praças na época em que elas eram sinônimo de romantismo, ponto de encontro dos casais de namorados. Em cada um deles – e são uns vinte postinhos – uma foto tamanho 15x21 exibindo uma região da cidade no século passado. Em Barretos, uma megaloja da mesma companhia expôs quadros das primeiras festas do peão. Em Taquaritinga, uma rede atacadista tem esse tipo de decoração, que está lá desde o tempo dos antigos donos.

As redes sociais descobriram o que os supermercados já praticavam há anos. Em todas as cidades, existem grupos virtuais especializados no assunto, com milhares de membros que postam, curtem e comentam. Álbuns de família e acervos públicos que jaziam em gavetas acabaram digitalizados e foram parar nos grupos. A história visual nunca foi tão compartilhada e socializada como hoje, o que é algo fascinante. Há também os que capturam imagens de casas e prédios que remontam às primeiras décadas do século 20, como forma de lhes preservar a memória e a beleza da *belle époque* da arquitetura.

Uma fotografia antiga será sempre um documento com alguma importância histórica. A graça da arte de eternizar momentos, muito mais fácil em virtude das câmeras de celular, é que a foto tirada hoje pode virar história amanhã. Isso não depende muito do objeto fotografado, pois o simples enquadramento de uma rua pode despertar o interesse de algum vivente que morou, brincou, trabalhou ou passou por ela.

Um ponto negativo da versão digital predominante nos dias que correm é a fragilidade das mídias, dos meios em que as imagens são guardadas. Quem nunca perdeu zilhões de fotos ao derrubar um pen drive no chão? São poucos os que tiram 12, 24 ou 36 fotos e mandam "revelar", como antigamente. Cada vez que a memória do smartphone grita "sem espaço", descarregamos 800 arquivos, que repousarão anos e anos no HD do computador. Aos mais jovens: revelar era passar para o papel fotográfico o que estava no filme e a gente não tinha a mínima ideia de como tinha ficado. Abrir aquele envelope amarelo da Kodak gerava mais ou menos a mesma apreensão de abrir o exame antes de entregá-lo ao médico. Ainda bem que inventaram o armazenamento em nuvem.

Não é difícil capturar cenas dignas de pendurar na parede ou integrar uma exposição. Que me perdoem os fotógrafos profissionais, mas basta o exercício diário de apertar o clique para, cada um a seu modo, aprimorar a técnica. Se a repetição não levar à perfeição, pelo menos a pessoa consegue congelar alguns instantes mágicos em bons enquadramentos. Recortes que, em algum dia do futuro, serão apreciados com especial atenção.

O saudosismo é um bicho que pega as pessoas ao ritmo do avançar da idade. Dar uma espiada no tempo pretérito, mesmo aquele em que ainda não estávamos por aqui, parece ser uma forma de se reconectar com alguma coisa que ficou para trás – um amor, um emprego, um familiar que já se foi, um lugar onde fomos felizes. Congelar momentos para a posteridade por meio da fotografia é a mais singela forma de arte ao alcance das mãos, até mesmo as mais inábeis. É algo que os supermercados não vendem, mas alguns fazem questão de nos lembrar.

17
O poeta e a praça

Benedicto Narciso da Rocha Nuevo é o patrono da praça do cemitério, onde existe uma réplica do Cristo Redentor, estátua art déco localizada no topo do morro do Corcovado, a 709 metros acima do nível do mar. Narciso foi jornalista e poeta dos bons. Como era comum entre os poetas da fase romântica, morreu jovem, um ano antes de ver a inauguração do Cristo de braços abertos que é um dos símbolos da Cidade Maravilhosa, ocorrida em 1931.

Demorou bastante para ser lembrado o nosso talentoso Narciso, precisamente 29 anos, dois a menos que sua idade final. Na véspera de Natal de 1959, houve uma dupla solenidade. O nome do escritor foi colocado na praça em substituição à antiga e pouco inspirada denominação – Praça da Saudade, dada três anos antes. Os discursos também estavam voltados para o descerramento da estátua do Cristo Redentor, realizada pelo jovem Oscar Valzacchi (Taquaritinga, 18/1/1927-São Caetano do Sul, 16/7/1979).

Dr. Mazinho, que administrou a cidade de 1.º de janeiro de 1956 a 8 de junho de 1959, deixou o cargo porque se elegera deputado estadual. Coube ao vice Pedro Perotti completar o mandato. Antes de assumir o cargo, o engenheiro Perotti foi o responsável por "remodelar e urbanizar a então inculta área frente à necrópole da cidade", como registrado na reedição póstuma do livro "Horas Côr-de-Rosa", publicado originalmente por Narciso em 1929, um ano antes de sua partida.

O servidor público, juiz de paz, jornalista e historiador José Romanelli (1900-1994), que foi amigo e companheiro de tertúlias de Narciso Nuevo desde a adolescência, caprichou no discurso: "Esta graciosa praça pública, este encantador logradouro que agora inauguramos, é o mais belo, o mais delicado e estimado presente de Natal que a Prefeitura desta Imperial Ribeirãozinho pode oferecer a seus munícipes. É, sem dúvida, o presente máximo que nos é ofertado nesta santa e tradicional noite, em que todos nós, grandes e pequenos, pobres e ricos, esperamos ansiosos a visita do Papai Noel que, com sua grande sacola às costas, cheia de presentes, nos venha brindar com uma guloseima, um brinquedo, uma lembrança, uma joia, enfim, em comemoração a vinda do menino Jesus ao mundo".

Romanelli, que viveria bem mais que o amigo que partira tão cedo, enfatizou ainda que a imagem do Cristo Redentor conferia ao lugar "maior esplendor, poesia, religiosidade e encantamento. Este o nosso mais grato presente de Natal, repito. Para mim, sobretudo, esta homenagem é-me grata e particularmente emotiva porque, companheirinho do homenageado desde os tempos de rapaz, sempre mantivemos estreitas e sólidas relações de amizade, irmanados numa afinidade espiritual para os mesmos devotamentos e os mesmos interesses às manifestações da inteligência, da cultura e do saber como humildes e modestos autodidatas."

Narciso Nuevo, como assinava seus textos e versos, viveu entre 9 de junho de 1899 e 8 de novembro de 1930, filho de José Maria Nuevo e Brasiliza da Rocha Nuevo. Ele conta, na carta ao leitor que acompanha o livro, que dividia seu tempo entre a profissão de gráfico e a responsabilidade de editar um bissemanário que enfrentava todas as dificuldades de um jornal interiorano (elas persistem até hoje). A primeira edição da "coleção de versos", como ele mesmo definiu, foi publicada em 1929, ano da grande depressão econômica, quando o Crack da Bolsa de Nova York levou meio mundo à loucura – muitos cafeicultores locais quebraram. Em 1980, seus sobrinhos relançaram a obra, como forma de homenagear o jovem que dedicou a vida às letras.

Parte é composta por versos publicados na imprensa e parte por material inédito na época. O autor buscava "um cantinho na biblioteca dos moços taquaritinguenses", como escreveu na carta de apresentação do livro. Modéstia. Sua colaboração à cultura sobrevive em versos bem alinhavados. Entre as muitas dedicatórias do livro, proclamou sua gratidão pela cidade e sua gente: "A Taquaritinga, terra onde me fiz homem, e a todos os que nella habitam, esta lembrança de quem mais não lhes pode dar".

Passados mais de 60 anos, a praça está longe de ser parecida com o lugar descrito por José Romanelli naquela noite feliz de 1959: "Como presente de Natal, como já disse, esta bela e moderna praça. Duas vezes bela e duas vezes sugestiva porque, a par das suas linhas geométricas bem delineadas, ornada de flores, luzes e imagem de Cristo a lembrar os princípios da fraternidade universal entre os homens, tem como patrono o nome muito querido de Narciso Nuevo, do Narciso que tanto quis bem a Taquaritinga, do Narciso que foi poeta e como poeta 'sonhou e amou na vida'."

18
Juro que não quero

Quando trabalhei em jornal, sempre era convidado para ser jurado de algum concurso. Quase todos os meses havia um, principalmente de beleza. Antigamente, tinha para todos os gostos: garota e garoto estudante, musa do verão, rainha sertaneja, garota da camiseta molhada, miss comércio, miss TG, miss imprensa, misericórdia! Sempre corri dessas coisas. Inventava que tinha o aniversário de uma prima do qual não podia faltar de jeito nenhum. Agora revelo a verdade: imagine-se num ambiente com 15 candidatas, todas lindas e doidas para vencer, e você tendo de escolher apenas uma. A eleita vai ficar satisfeita e as outras 14 lembrarão a vida inteira que você fez parte daquele corpo de jurados injusto, de gente que não entendia de coisa alguma, muito menos de mulher, e possivelmente estava comprado. Já vi concursos assim terminarem em pancadaria.

Volta e meia lembravam de mim para julgar certames de literatura e poesia. Logo eu, que não consigo rimar ré com cré e tenho a sensibilidade de um elefante em loja de cristais. Recusei muitos, dizendo que estava muito atarefado. De outros, não tive como escapar, contanto que a minha identidade não fosse revelada. É chato dar nota para as coisas dos outros, analisar se a pessoa tinha que escrever dessa ou daquela forma. Avaliar a beleza de uma mocinha sonhadora, então, nem se fala. Havia um tempo na minha cidade que quase toda adolescente achava que tinha potencial para ser modelo, mesmo se estivesse fora dos padrões da profissão. Os rapazes também.

Minha quase experiência na arte de julgar resvalou por outros setores. Uma vez foi marcada uma luta de exibição do pugilista Ezequiel Paixão, que estava no começo da carreira. O promotor do combate foi com a minha cara, por demonstrar que eu entendia da modalidade, e disse que me chamaria para ser um dos jurados, no principal ginásio de esportes da cidade. Ainda bem que o evento foi cancelado, porque é bem provável que eu acabaria sendo convidado para ser o adversário do Ezequiel.

Nunca perguntei isso para ninguém, mas acho que tenho cara de jurado. No começo, antes de ficar mais esperto, participei do júri de uma gincana escolar. Foi engraçado, mas meio constrangedor, ver de perto estudantes da minha idade enfiarem a cara numa bacia de água e depois num prato de farinha para encontrar um objeto com a boca. E depois anotar quem foi o mais rápido. Essa não foi a única roubada.

No fim dos anos 1990, quando as coisas legais começaram a acabar, também fui jurado do Carnaval. Não lembro quem eram os outros. Só sei que ficamos todos assistindo ao desfile do pavimento superior do Cine São Pedro, o cinema da cidade. As minhas notas foram as piores possíveis, porque não havia alegorias ou qualquer sinal de organização. Fiquei mal com isso, com o meu rigor, quando o que os participantes queriam mesmo era se divertir. Nos anos seguintes, fui batucar no meio deles.

No tempo em que havia concursos musicais, também sempre era convidado. Logo eu, cujo conhecimento na área não passava de alguns discos da Legião Urbana e do Chitãozinho & Xororó. Não tive como escapar de um, com bandas de rock formadas por adolescentes. Na metade das apresentações, acho que fiquei com cara de choro, querendo estar em qualquer outro lugar, menos vendo aquilo e tendo que dar uma nota.

Quando chegava à redação do jornal em que trabalhava o edital com a lista de jurados da Justiça para o ano seguinte, meu coração gelava. Corria os olhos pela imensa relação de nomes e ficava aliviado quando não encontrava o meu. Costumava ir ao Fórum para cobrir as sessões do júri popular e via a responsabilidade que aquelas sete pessoas sorteadas tinham: julgar quesitos que, ao fim de algumas horas, significavam inocentar ou condenar o réu a anos de prisão. Ali não se tratava de convite, mas de convocação.

Há muito tempo me policio para não ficar julgando os outros. A lição "Não julgueis, e não sereis julgados", transmitida pelo apóstolo Mateus, é uma regra de ouro, mas de vez em quando a gente se pega pagando de juiz da vida alheia. Tem gente que adora. Tudo bem, não vou julgar. Deixemos isso para o juízo final, seja lá o que isso for.

Mas já vou avisando que aceito convites para churrasco. Mas, por favor, sem julgamentos do melhor churrasqueiro, do molho vinagrete mais saboroso...

19
Sobre a ignorância

Nada me aborrece mais que a ignorância, talvez porque ela me caiba perfeitamente, pois costumamos temer no outro o que verdadeiramente somos. Ignoro um punhado de coisas que já são de amplo conhecimento, às vezes resultado de falta de atenção. Mas, como a palavra tem também um significado ainda mais pejorativo, é a esse que me refiro.

Da mesma forma que procuro perdoar-me das próprias imperfeições, o que pode ser uma forma de defesa, tento ser o menos rigoroso possível no julgamento das ações alheias. Confesso que nem sempre foi assim, pois é da natureza humana fazer uma arbitragem descuidada até mesmo das coisas que não nos dizem respeito.

Ao largo da sempre imprecisa vigilância dos fofoqueiros e invejosos, só a pessoa sabe o quanto lhe custou ser o que é, o quanto teve de estudar, de ralar, se fazer de boba ou se fingir de morta, chorar, sorrir para não sofrer e segurar para não dar uma resposta à altura. Por outro lado, há aqueles que não se tocam de sua falta de condição de opinar sobre um assunto mais elaborado e assim posar de entendido de tudo, quando na verdade o que fazem é apenas se expor ao ridículo. Cruzamos com gente assim quase todos os dias.

Para não cair nessa tentação, a máxima socrática "Só sei que nada sei" passou a ser o meu oráculo diário, escrito num papel colado na geladeira. Isso basta para me colocar no meu lugar. Se um complexo de inferioridade põe muita coisa a perder, imaginar-se o rei da cocada preta causa estragos ainda maiores. É só olhar em volta para constatar – sem nomes, por favor.

Como nossos atos refletem perfeitamente a evolução do espírito, a autovigilância tem de ser redobrada para que o bom-senso fale por nós. Costuma falhar nesse quesito quem acha que o mundo é um teatro maniqueísta em que tudo tem apenas dois lados. Esse reducionismo simplório de bem e mal pode ser visto concretamente no momento político que atravessamos – e talvez explique por que chegamos a ele.

Da mesma maneira que o excesso de sinceridade pode ser apenas falta de educação, um palavrão que deixamos escapar às vezes tem o propósito de nos punir por um erro que acabamos de cometer. Mas dirigi-lo a outra pessoa é falta grave às regras de convivência. Soa como tal uma boçalidade dita como argumento sério. É aí que devemos lançar mão do antídoto contra a ignorância, se é que o temos: discutir com um tolo é o mesmo que jogar xadrez com um pombo – a ave vai derrubar as peças, fazer cocô no tabuleiro e sair voando convicta de que venceu.

Se o interlocutor estiver traindo a própria inteligência para justificar ou defender uma causa insana, aí já é falta de caráter – o que igualmente é digno de pena. Qualquer comportamento que fuja a essa forma de encarar a situação pode desandar a conversa. A ponto de, se alguém me chamar de ignorante, é bem capaz que eu parta mesmo para a ignorância, no pior sentido da palavra.

20
Vigiados para sempre

Quem já pesquisou o preço de um produto na internet sabe que depois será bombardeado com ofertas e promoções. É o tal do algoritmo, que identifica de onde partiu a pesquisa e passa a oferecer o item desejado e coisas afins. Hoje busquei por cápsulas de café e agora tenho de driblar propagandas de cafeteiras, torradeiras de grãos e até jogos de xícaras. É a versão on line do vendedor insistente, que na loja física oferece outras mercadorias, à falta daquela que você foi procurar.

Esse é o mínimo da invasão de privacidade que o mundo digital acarreta. Nós mesmos expomos os nossos dados e hábitos ao fornecê-los ao ingressarmos em redes sociais, aplicativos e ao aceitar os "cookies" para navegar pelos sites. Volta e meia, um aluvião de informações vaza e essas companhias fazem cara de indignação, quando indignados nós é que deveríamos ficar. O telemarketing de bancos e operadoras de cartão, que tanto nos importuna, conhece o limite de crédito que o concorrente nos deu. Sabe também quando e quanto estouramos esse limite.

Ao instalarmos um aplicativo, invariavelmente é solicitado o acesso ao microfone e à câmera do celular. Quem garante que não ficarão à espreita das nossas conversas e imagens? Outro dia comentei em voz alta que não encontrava uma pessoa havia anos. Em poucas horas, para meu espanto, uma rede social exibiu o perfil do sumido e me sugeriu que enviasse um convite de amizade. Muito estranho para ser apenas coincidência. Dá saudade de quando só as paredes tinham ouvidos.

O pessoal fala muito da China, com seus aplicativos juvenis aparentemente inocentes e de seus famosos sistemas de reconhecimento facial, mas parece que são os grandes conglomerados digitais que vão dominar o mundo. Porque é informação é poder. O maior site de busca centraliza grande parte das informações da Terra e detém o quase monopólio do tráfego de busca na rede. Gigantes do Vale do Silício vão comprando diversas empresas de tecnologia ligadas à navegação em massa, que hoje nos ajudam a controlar tarefas diárias. Mas os controlados somos nós.

Dias atrás tive de trocar o smartphone porque o antigo morreu afogado. Foi só colocar o chip velho no aparelho novo que, como mágica, todos os aplicativos que eu tinha migraram automaticamente, até com as senhas. Puxou tudo, de fotos a contatos – e provavelmente os vírus também. Foi um susto, porque o celular antigo nem ligava mais. Como isso aconteceu é mistério para mim. Pelo que sei os aplicativos não ficam armazenados no chip, mas na memória da máquina que cabe na palma da mão.

Lembram dos estragos que os hackers de Araraquara, depois de invadirem contas do Telegram, fizeram na finada Operação Laja Jato, que acabou ganhando o apelido de Vaza Jato? Fico pensando se algum dia houver uma invasão massiva dos aplicativos de mensagens e o hacker conseguir as conversas – a empresa diz que garante a criptografia. Dá para imaginar quantos casamentos e quantas amizades vão acabar, na esteira das inconfidências. Tomara que esse dia nunca chegue.

Tenho amigos, todos mais velhos, que não se renderam a essas modernidades. Alheios ao mundo virtual, levam a vida como influenciadores analógicos. Telefonam à moda antiga, não gastam o precioso tempo rolando feeds de notícias atrás do nada nem prejudicam a própria visão olhando mensagens instantâneas numa telinha minúscula e luminosa. Juro que tenho um pouco de inveja. Mas parece que não há mais volta – a não ser que se fuja para as montanhas e nela ainda não exista uma torre de telefonia.

O mundo acontece no modo real, mas está cada vez mais dependente do virtual. As transações bancárias, as compras, as relações sociais, as reuniões, as manifestações políticas. Veja o caso dos jornais. Poucos são impressos. Sou da geração do papel, do cheiro da tinta. Agora, se você me dá licença, vou ao supermercado comprar café, um ato que envolve somente duas pessoas: a moça do caixa e eu. Está bem, no máximo três, o empacotador. Vou lá antes que inventem a internet com cheiro e sabor. Aí não vou resistir.

21
Anotações de repórter

Era uma sexta-feira, e já nos preparávamos para fechar a edição do jornal, quando fiquei sabendo que a Escola Estadual Prof. Francisco Silveira Coelho estava sendo demolido. Máquina fotográfica em punho, lá fui eu registrar o que seriam os últimos momentos de um prédio escolar condenado pela ação do tempo. Seu fim havia sido decretado por um vendaval que assolara a cidade no dia 13 de março de 2000, derrubando parte de uma classe sobre os estudantes e uma professora. O laudo elaborado por engenheiros da Secretaria de Estado da Educação concluiu ser necessário colocar tudo no chão. Não fosse a intempérie, que pôs a cidade de pernas para o ar naquela quinta-feira 13, talvez a escola estivesse de pé até hoje.

Como nos lembra a cantora Maria Rita, “não há porque chorar por um amor que já morreu”, por sinal numa música que fala sobre tempestade. O velho prédio da Escola Silveira Coelho se foi e um novo se ergueu no lugar, certamente mais resistente ao vento. Não se quer aqui pôr em dúvida se o imóvel histórico e bem mais bonito que o novo devia ou não ser demolido. É que o repórter destacado a cobrir o agonizante fim do colégio estudou lá, um ano à noite e dois de manhã, suficientes para garantir aprovação em faculdade pública sem passar pelo cursinho.

Sem querer, o trabalho me colocava numa condição privilegiada. Fui, seguramente, o último aluno da já saudosa Escola Industrial a pisar naquele território onde parecia ter caído uma bomba, pois estava abandonado havia anos. Sozinho, pude revisitar as salas de aula reduzidas a escombros, consegui rememorar fórmulas de química escondidas na memória e, sem muito esforço, lembrar os velhos companheiros do Ensino Médio.

A maioria se casou e teve filhos, alguns se separaram e voltaram à rotina de solteiro. Dois foram morar e trabalhar no Japão e um outro, na Itália. Muitos colegas de classe cursaram faculdade e procuraram outras paragens para fazer a vida; outros partiram direto para o mercado de trabalho. Enfim, coisas comuns. A despedida daquelas salas em que o mundo se descortinava evocou sonhos já ultrapassados, utopias de uma sociedade perfeita e paqueras cujos semblantes não permitem a lembrança do nome.

Nessa incursão nostálgica, um passeio pelas grandes festas e pelos torneios de futebol e vôlei que inflamavam a concorrência entre as classes; também voltaram à mente os intervalos em que entrava no ar a Rádio Recreio, canal usado sobretudo pelas meninas para dar recados carinhosos ou desancar pretendentes metidos à besta.

Em meio a perguntas formuladas aos encarregados da demolição, anotações feitas às pressas e com o coração apertado. Lembrei-me delas assistindo, domingo passado, ao documentário sobre vulcões produzido pela Discovery. Em alguns lugares soterrados pela lava quente não restam vestígios de civilização. A construção de barragens também costuma inundar cidades inteiras, como aconteceu com a baiana Sobradinho. A água engole tudo: de casas a bares e escolas, de igrejas a bordéis, nada escapa ao que chamam de progresso. Assim se virou uma página do Francisco Silveira Coelho. Com o velho imóvel, foram-se boas e más lembranças – aí incluídos os cursos profissionalizantes, um pouco mais distantes no tempo.

No adeus às salas vazias de sentido e de alunos, antigos fantasmas foram exorcizados. Talvez até a surreal mulher de branco que assombrava as moças no banheiro tenha encontrado um misterioso cavaleiro sem-cabeça com quem trocar alianças para, enfim, descansar em paz.

22
Uma notícia do passado

Nelson ligou a TV na hora do telejornal para saber as últimas notícias, mas deu de cara com o passado. Camila, com quem teve uma rápida e marcante paixão durante as manifestações pelo impeachment de um presidente, surgira na sua frente. Reconheceu-a em fração de segundo, como se a imagem daquela linda cara-pintada estivesse incrustada em suas retinas. A pergunta que visitava sua cabeça de tempos em tempos acabara de ser respondida, em rede nacional, 21 anos depois daquele dia em que marcharam de mãos dadas na Avenida Paulista. Sim, Camila ocupava algum lugar no espaço deste imenso país, além da fenda que aquela ausência abrira em sua memória. O céu azul da primavera de 1992 e a força dos hormônios encarregaram-se do convite para que os olhares se cruzassem. Depois de gritarem palavras de ordem, acabaram trocando beijos e carícias, inesquecíveis pelo menos para ele.

Combinaram de se rever na tarde seguinte. Mas Camila não voltou para o protesto, sabe-se lá por quê. Seguiu-se uma busca infrutífera, com telefonemas a vários amigos. Ninguém conhecia a moça de sotaque carioca, olhos verdes e cabelos negros. Não havia celular e outras tecnologias modernas de comunicação, nada que encurtasse o caminho do reencontro. Para acomodar os sentimentos em profusão, concluíra que ela estivera em São Paulo a passeio, talvez na casa de parentes, e regressara com urgência por um motivo inesperado.

Decidiu entregar-se ao remédio do tempo, capaz de aplacar sobretudo o que o coração não consegue alcançar. Demorou, mas o amor que era para ser seu transformou-se apenas em doce lembrança da juventude, época em que mudar o mundo e conquistar o diploma de administração eram projetos que se completavam. Ao apertar o botão do controle remoto, reprimidos sonhos de felicidade emergiram na mente e renovaram o ar de uma vida que andava tão vazia de sentido. Diante da televisão e da figura absurdamente bela da entrevistada, Nelson sentiu o vigor daquele momento histórico a ponto de transportar-se até a cena do protesto, cartaz um punho.

Correu para o espelho grande do quarto e percebeu que, subitamente, recuperara o brilho nos olhos, mas sua intenção era mesmo conferir os efeitos do tempo em sua aparência, na ânsia de que fosse possível congelar a beleza e a forma dos 18 anos. Queria, mais do que isso, constatar se o tempo havia sido tão generoso com ele quanto foi para ela. Camila continuava linda, pôde concluir nos vinte e poucos segundos exibidos pela emissora. O rosto, anguloso mas angelical, agora estava delineado pela indizível segurança que traduz o que vai pela alma de uma mulher madura. O colo, os braços expostos, a escolha das palavras e os gestos parcimoniosos revelavam uma natural harmonia do conjunto.

Mais importante que a forma, filosofou Nelson, é o conteúdo. Nesse quesito, duas décadas foram massacrantes para ele. O Brasil enfrentara muitos sobressaltos, planos econômicos, escândalos, e Camila estava lá dando a cara nos protestos de junho de 2013, com o entusiasmo da mocidade. E o que ele fez, além de votar a cada eleição, arrastando-se até a seção como se cumprisse a pior das obrigações? Cuidava apenas do próprio umbigo, amealhando algum patrimônio e ainda perseguindo a meta de chegar ao primeiro milhão antes dos 40. Essa autocrítica o entristeceu. Não seria mesmo digno do amor de Camila, que, aparentemente, era uma mulher politizada.

Para ele, a utopia de um país justo ficara no passado, enterrado junto com a paixão platônica pela jovem que se atreveu a cruzar seu caminho depois de tanto tempo, desafiando-o a repensar sua vida e seus conceitos. E imaginar, entre lágrimas, como teria sido seu futuro ao lado dela. Quem a teria conquistado? Ou estaria solteira? Voltar a procurá-la agora seria uma loucura, uma ideia sensata ou o caminho para a segunda e dolorosa frustração? As perguntas insistiam em permanecer sem respostas, da mesma forma que ficaram durante esses 21 anos. Enquanto isso, pelo que concluiu ao assistir à reportagem, Camila seguia fazendo sua parte por um país livre de corrupção, sem fazer a mínima ideia no que aquilo ia dar. Nelson não conteve o impulso de ir ao site do programa na esperança de rever a entrevista e "salvar um print" da moça em seu smartphone. Mas achou melhor recuar e deixar tudo como sempre esteve.

23
Morenas na música

Todo mundo que ouve rádio já deve ter percebido que as morenas são maioria na música. Não me refiro às cantoras, já que acredito não existir um censo do gênero a quantificá-las pela cor da pele ou do cabelo. Elas, as morenas, ganharam muito mais canções do que as loiras. É um tipo de preconceito de que pouco se fala. Pelo que sei, não há notícia de que tal disparidade tenha sido objeto de protesto de alguma associação.

A morena passeia, altaneira, por todos os gêneros da música popular brasileira, deixando a concorrência comendo poeira. Em seu romantismo brega, Amado Batista implora, em abundantes verbos da primeira conjugação, aqueles terminados em ar: "Vem, morena, vem, vem amar (vem amar) / Este jovem que está sempre a te esperar (te esperar) / Vem, morena, é noite de luar (de luar) / Só você, só você, quero beijar". A profundidade da letra não é lá essas coisas, mas o sucesso foi estrondoso.

Antes de prosseguir, é bom lembrar que nem os dicionários se entendem na definição do termo. Alguns afirmam que é a mulher cujo tom da pele varia entre o branco e o pardo, por determinante genética ou por efeito de bronzeamento. Outros dizem que a variação fica entre o pardo e o negro. E há os que citem uma tonalidade amarronzada. Seja como for, os compositores a elegeram como principal musa inspiradora.

O Boca Livre, grupo de MPB com um dos mais belos vocais de todos os tempos, homenageou as moças dessa estirpe bem brasileira nos lindos versos de Toada: "Vem, morena, ouvir comigo essa cantiga / Sair por essa vida aventureira / Tanta toada eu trago na viola / Pra ver você mais feliz". A canção parece falar de um amor que se foi, deixando um coração doído mas ainda esperançoso: "Tanta saudade eu já senti, morena / Mas foi coisa tão bonita / Da vida nunca vou me arrepender". Quando convida a moça para escutar "o trem de ferro alegre a cantar", fica subentendido que o autor não chega aos finalmentes, talvez para não desandar a pegada suave da melodia.

A dupla que simboliza o gênero caipira, Tonico & Tinoco, também imortalizou o tipo que mais representa a mulher brasileira no mundo. Quando ouvimos o refrão "Moreninha linda do meu bem querer / É triste a saudade longe de você", dá até para imaginar uma caboclinha delicada, nem alta nem baixa, com cabelos pretos a cair-lhe sobre os ombros. "Moreninha linda" é mais que uma música. É um hino, mas um hino cuja levada alto-astral não combina com o desfecho triste anunciado logo na primeira parte: um coração pisado pelo desprezo de um amor quando se vai: "Adeus para nunca mais".

O sertanejo moderno também a festejou. "Vem cá, morena, sai na janela / Venha ver a lua como está tão bela!", esguelam os irmãos Zezé Di Camargo & Luciano em

"Galera Felicidade". Na mesma música, citam também o tipo que o saudoso Sargentelli soube tão bem enaltecer: "A lua quando vem saindo / Por detrás da montanha, é uma solidão! / Até parece uma coroa de prata / Coração da mulata lá do meu sertão!"

Outro superclássico de raiz ainda hoje ecoa por aí, em todos os karaokês, na voz de calouros invariavelmente movidos a ativos etílicos: "Eu fico com pena, mas essa morena / Não sabe o sistema que eu fui criado / Tô aqui cantando, de longe escutando / Alguém está chorando com o rádio ligado". "Saudade da Minha Terra", de Belmonte & Amaraí, narra as belezas e aventuras de outrora. De um jeito ou de outro, é a história de todos nós que vivemos no interior, com a natureza pulsando tal qual os hormônios na juventude.

Clássico presente em todo Carnaval de salão que se preze, "Pegando Fogo" fala de alguém que dormiu pensando na mulher com quem teve um encontro casual, possivelmente sonhou sonhos tórridos com ela e acordou com a tocha: "Meu coração amanheceu pegando fogo, fogo, fogo / Foi uma morena que passou perto de mim / E que me deixou assim". O hit imortalizado na voz de Gal Costa frequentou as paradas radiofônicas e televisivas dos inesquecíveis anos oitenta.

Outra impossível de esquecer é a dançante "Morena de Angola", aquela que leva o chocalho amarrado na canela. A dúvida persiste até hoje: "Será que ela mexe o chocalho ou o chocalho é que mexe com ela?" A esfuziante morena Clara Nunes, uma das maiores intérpretes do país, foi a primeira cantora nacional a vender mais de cem mil discos, rompendo as barreiras de seu gênero e sua cor. Morena de Angola é uma faixa que integra o álbum "Brasil Mestiço", de 1980.

Até nas cantigas de roda a morena está em vantagem: "Fui no Tororó beber água, não achei / Achei linda morena que no Tororó deixei". Nem pesquisando toda a coleção da Galinha Pintadinha encontramos uma música que fala das loiras. Talvez o doutor Alceu Valença, que pendurou o diploma de advogado para brilhar nos palcos, elucide um pouco essa preferência quase doentia dos compositores pelas morenas.

Em entrevista à rádio CBN, Alceu contou que a Morena Tropicana na verdade era loira: "Mas usei morena, pois a rima fica melhor", esclareceu. Tudo bem, mas apesar da licença poética, ficou a impressão de que vendeu gato por lebre. Seja como for, quem nunca chacoalhou o esqueleto no ritmo dos versos "Linda morena, fruta de vez temporana / Caldo de cana caiana / Vem me desfrutar"?

O caso da loira-morena dos trópicos é diferente da inspiração de Vitor Kley. A musa que fez seu coração palpitar tem nome: Gabriela Melim, também cantora, que até topou protagonizar o clipe. Foi um caso de amor que terminou, mas restaram a amizade e os versos: "Morena, me encantei com o seu jeito de olhar / Paralisei o tempo só pra lembrar".

Quanto às loiras, além de pouco homenageadas, são vítimas de uma certa discriminação musical. A Loira do Carro Branco, gravada por Daniel, pediu uma carona e – veja só que danadinha – aproveitou para roubar o automóvel e o coração do rapaz. O rock Loiras Geladas, do disco de estreia do RPM, nem falava de mulher. A expressão foi tomada como um antigo apelido da cerveja: "Na madrugada / na mesa do bar / loiras geladas vêm me consolar". Nada mais depressivo.

Mas ninguém foi mais longe que Gabriel, o Pensador, no insulto preconceituoso contido em Lôraburra, de 1993. A ressalva está na última estrofe do rap, que diz que a crítica vale para qualquer uma, independentemente de tonalidades. Mas não deixa de ser um clichê, que reforça um preconceito. O próprio cantor fez um remake em 2019 para a quebra do estereótipo. Ponto para ele.

Há uma avenida aberta para compositores reverenciarem as mulheres em geral. Basta pôr a criatividade para funcionar. Talvez isso possa renovar as forças daquele romantismo que rendeu à música brasileira trilhas que atravessaram gerações e até hoje embalam paixões arrebatadoras. Homenagear esses seres maravilhosos, em versos bem alinhavados, jamais sairá de moda.

23
Uma ideia furada

Um quadradinho nos classificados de um jornal que anunciava um boneco inflável me fez lembrar de um invento que prometia revolucionar o mercado da segurança. Mas acabou num imenso fracasso. Imagino que o dono da empresa tenha falido e, cheio de dívidas, cometido qualquer gesto tresloucado, como tentar a vida ensacando e vendendo vento. Com uma identidade falsa, é claro, para não ser encontrado pelos credores.

A invenção era um boneco inflável, com características masculinas, destinado ao público feminino. Para quem está com sacanagem na cabeça, vou logo explicando que o produto era apenas uma companhia para ir no banco do carona, dando a entender a um possível ladrão que a motorista estava acompanhada, melhor não se meter à besta.

Acredito nunca ter cruzado com um carro conduzido por uma mulher que tivesse lançado mão desse artifício para afugentar bandido. Ou teria, sei lá, já que a intenção era essa mesma: fazer todo mundo pensar que se tratava de uma pessoa de verdade, até com bigode e cara de quem tivesse acabado de ouvir um discurso presidencial.

Creio que a procura pelo boneco não foi lá essas coisas. Só conheço uma pessoa, amiga minha, que comprou uma unidade. Não vou revelar o nome, por razões óbvias (ela concordou em relatar a experiência desde que fosse mantido sigilo). O maior erro, confessa, foi ter optado por um modelo genérico, que veio furado. Teve de mandar remendá-lo em uma borracharia antes de colocá-lo em uso.

Devidamente instalado no banco do carona, o boneco murchava sistematicamente, apesar dos esforços do amigo borracheiro. Até tentou devolver, mas o site de quinquilharias não respondia aos apelos. Na noite em que ela mais precisou da companhia, quando estava prestes a ser abordada por um ladrão numa rua pouco movimentada, o seu homem inflável estava quase completamente vazio – e não havia tempo hábil para enchê-lo.

Essa foi a gota d'água. Mas antes disso, passara por outros dissabores. Um dia, minha amiga cismou que o boneco estava olhando para ela. Depois do susto, resolveu puxar conversa. Sem resposta, concluiu que era coisa da cabeça dela. Até o dia em que percebeu que o boneco não era tão inanimado assim. Depois de tomar umas e outras no bar e sair por aí acelerando, o que totalmente reprovável, a mulher viu o boneco pular do carro. Só no dia seguinte percebeu que seu guarda-costas tinha é voado por causa do vento. Conseguiu reencontrá-lo no dia seguinte, enroscado em uma árvore.

A parte mais importante vem agora. A moça se apaixonou pelo boneco, sentimento que mais tarde concluiu ser uma variante da síndrome de Estocolmo. Estacionou o carro na garagem e começou a dar uns amassos no homem inflável, que resistia bravamente, talvez porque sabia que estava ali apenas profissionalmente. Só não resistiu quando chegou a hora da mordidinha na orelha. O coitado esvaziou-se por completo. Na manhã seguinte, passou a exibir um esparadrapo no lóbulo esquerdo, mesmo produto usado para consertar uma perna dos óculos que havia quebrado.

Por esse depoimento já dá para imaginar porque o produto não prosperou. Não sei se um exemplar fabricado em outro país, como os Estados Unidos, por exemplo, seria mais eficiente. Creio que não. Mesmo porque os bandidos estão cada dia mais audaciosos.

24
Escrevendo bem, que mal tem?

Grandes autores contemporâneos transformaram dramas pessoais em temas para seus escritos. Com idades avançadas, têm ou tiveram a sorte de ter uma vida longa, ao contrário de alguns romancistas e poetas importantes da nossa literatura. Não tivessem sido vitimados pela tuberculose, Álvares de Azevedo, com 20 anos, e Castro Alves, aos 24, por exemplo, poderiam ter deixado obras ainda mais estupendas. "Nietzsche, o mais transgressivo dos filósofos, escreveu em algum lugar que não seríamos humanos sem a experiência da doença", pontificou a psicanalista Maria Rita Kehl no artigo "A doença da literatura".

No bem recebido "Prosas Seguidas de Odes Mínimas", o meu conterrâneo José Paulo Paes incluiu "Ode à minha perna esquerda", em que dá adeus a essa parte de sua anatomia acometida por problemas circulatórios. Foi um momento difícil da vida do poeta nascido em Taquaritinga, alguns anos antes de sua partida, já quase na virada do milênio: "Chegou a hora / de nos despedirmos / um do outro, minha cara / data vermibus / perna esquerda. / A las doce em punto / de la tarde / vão-nos separar / ad eternitatem. / Pudicamente envolta / num trapo de pano / vão te levar / da sala de cirurgia / para algum outro (cemitério ou lata de lixo que importa?) lugar / onde ficarás à espera / a seu tempo e hora / do restante de nós." O poema tem sete partes, cada uma com o humor que uma amputação tão radical jamais poderia provocar em alguém que não tivesse tamanha consciência de si.

Para continuar nesse canto de mundo: o araraquarense Ignácio de Loyola Brandão também registrou em livro um grave problema de saúde que o atingiu em 1996. Estava na cozinha de casa quando percebeu que o "navio" estava chacoalhando. Foi logo pondo culpa na labirintite. Não demorou muito para o diagnóstico que o levou a uma "cirurgia brutal", um corte enorme na cabeça. O escritor nem precisou muito esforço para dar nome à obra, porque "Veia Bailarina" é como a medicina apelidou o aneurisma cerebral. Sorte dele ter sido detectada a tempo a sua artéria dançante, antes que o negócio explodisse e levasse a consequências terríveis. A obra fala de medo, dor, angústias, mas com leveza e bom humor. "Saí ileso, com três clipes de titânio na cabeça", contou o autor. Sobreviver significou, para Loyola, a redescoberta do viver, observou o escritor Deonísio da Silva.

Na crônica "Meu Valor", Luís Fernando Verissimo decide se avaliar, para o caso de alguém querer comprá-lo. Afinal, ele conclui, "corrupção é o que mais dá dinheiro no Brasil". A certa altura, começa a pôr na balança imaginária alguns altos e baixos de sua já sexagenária fisiologia: "Meu cérebro, vendido à ciência, daria para alimentar vários ratos de laboratório durante semanas. Prejudicaria um pouco seu desempenho no labirinto, mas em compensação eles saberiam toda a letra do bolero No Sé Tú. Minhas entranhas dariam um bom preço em qualquer feira de órgãos usados, dependendo, claro, do poder de persuasão do leiloeiro ('Leve um sistema cardiovascular e eu incluo uma caixa de Isordil!'). Meu apêndice, por exemplo, nunca foi usado".

Sem a mesma ironia, mas com uma linguagem leve e longe de vitimismos, Valéria Piassa Polizzi publicou, em 1997, um livro que marcou minha juventude. No relato autobiográfico "Depois Daquela Viagem", ela narra como foi descobrir-se com HIV aos 16 anos de idade, contaminada por um rapaz que conhecera num transatlântico e que se tornaria seu namorado. Valéria, que em 2007 formou-se em jornalismo, driblou a sentença de morte na época atribuída ao diagnóstico e hoje vê seu livro ser traduzido para vários idiomas. Já lançou outros títulos e participou de coletâneas.

Por fim, para separar da categoria doenças, mas seguindo nas reflexões acerca de dilemas que falam diretamente à alma, o gaúcho Cristóvão Tezza coloca como protagonista do romance "O Filho Eterno" o seu primogênito com síndrome de down. Sem pieguice e com a competência de quem domina o que quer transmitir, o autor merece ser lido não só por pais que tenham filhos especiais. A leitura da relação entre o pai-narrador e o filho-narrado ajuda a entender a grandeza da paternidade sob quaisquer condições. Foi por isso que o livro arrebanhou todos os prêmios literários em 2008, ano seguinte ao lançamento.

Escritores podem até criar super-heróis, mas não conseguem fugir de dificuldades com a própria saúde, como qualquer ser humano. Quando elas são fortes o suficiente para lhes alterar o estado de ânimo, tornam-se matéria-prima das boas. Nem um dos citados aqui se enquadra na categoria de autoajuda, mas levam os leitores a concluir que o que não mata vira livro.

25
Mortes solitárias

Nas redes sociais, dezenas de amigos lamentam a morte de uma pessoa. Não faltam fotos ao lado dela em ocasiões especiais. Sob as postagens, seguem-se centenas de comentários de como o extinto era querido e admirado por suas façanhas e talentos.

As circunstâncias da morte, porém, são cruéis. Não se trata de homicídio ou suicídio, mas simplesmente de uma situação que vem se tornando comum: a morte solitária.

Pessoas decidem morar sozinhas ou o fazem porque não têm opção. Com o passar do tempo, não conseguem realizar as mais simples tarefas da casa e cuidar da própria vida.

Administrar o grande número de remédios e seus horários torna-se um desafio. O medicamento acaba, a memória não ajuda. Os problemas de saúde se apresentam vagarosa e sorrateiramente, e a morte os apanha.

O gélido cadáver permanece ali, dias e dias, até que alguém resolva fazer uma visita – ou então um vizinho sinta literalmente algo estranho no ar. Sim, há um corpo em decomposição em algum cômodo da casa ao lado.

Jaz no frio da solidão um cidadão que foi produtivo, altivo, rodeado de amigos e familiares. Porém, o avançar da idade, a falta de dinheiro, alguma doença incapacitante ou até mesmo uma personalidade arredia fazem dispersar as relações afetuosas que um dia se estabeleceram.

Seja como for, a família tem a obrigação de cuidar. Comete crime quem abandona o idoso ou o incapaz. A pena é de seis meses a três anos de prisão. Caso o abandono resulte em lesão corporal grave, a pena pode ser aumentada para até cinco anos. Se a vítima morrer por causa disso, pode chegar a 12 anos. A pena aplicada pelo juiz é aumentada em um terço caso a vítima seja idosa, alcançando até 16 anos de reclusão.

Infelizmente, nossa cultura vê o idoso como estorvo. Muitos se assemelham a um mendigo, com a desvantagem de que seu calvário é vivido em reclusão, sem a possibilidade de um olhar piedoso ou uma mão amiga de que um andarilho às vezes se vale. O aumento da expectativa de vida é bom somente quando a vida não é apenas uma expectativa.

26
Vizinhos

Paulo e Gabriel eram vizinhos, desses que nunca se cumprimentaram. Paulo era boa praça, sempre sorrindo e puxando conversa. Mas nunca conseguiu falar com o rapaz da casa ao lado, roqueiro de meia idade que não era chegado no sacrossanto hábito de trabalhar. Vivia às custas da família.

Gabriel sempre colocava no aparelho de som um rock de bandas americanas, em altura de estourar os tímpanos. Paulo não reclamava para não arrumar confusão, mas tinha pena das velhinhas que aturavam aquele barulho estridentemente alto dentro de casa. Então, fechava as janelas e tentava se concentrar lendo um livro, porque TV e rádio não dava para escutar mesmo.

A situação se repetia quase todos os dias, por uma ou duas horas. Era um tormento, porque a preferência do vizinho era por músicas que mais pareciam um berreiro, em inglês, do que propriamente uma canção. Além, é claro, do volume impróprio aos ouvidos de qualquer ser vivo, fosse gente, gato, cachorro ou passarinho.

Até que um dia, antecipando-se ao problema, Paulo teve uma ideia. Sábado à noite, anunciou à família:

– Acordem cedo amanhã. Vamos passar o dia no Náutico. Seis e meia, todo mundo de pé! Vamos cedo para pegar o melhor lugar. A mulher e os filhos concordaram. Adoravam churrasco e banho de piscina.

Sete da manhã em ponto estavam prontos para sair, já no carro, quando ele disse que esquecera de fazer uma coisa e voltou para dentro de casa. Pegou um CD da dupla Tião Carreiro & Pardinho, escolheu a última música do "lado B" (aquela que entrava nos discos de vinil só para completar o número de faixas), programou o 3 em 1 para repetir a canção infinitamente, posicionou as enormes caixas de som na janela que dava para o quarto do vizinho e acionou o aparelho no volume super-mega-extra-plus. Sorriu e foi curtir o churrasco no clube. Só voltou no começo da noite.

Daquele dia em diante, a lei do silêncio foi restabelecida no quarteirão.

27
Põe na conta

Euzébio era dono de uma das únicas farmácias da cidade. Acostumado a socorrer as pessoas, a qualquer hora do dia ou da noite, sentia prazer em atender aos clientes, que chamava de amigos, num tempo em que quase todos se conheciam.

Um dia alguém apertou a campainha às duas da madrugada:

– Seu Euzébio, sou seu novo vizinho. Acabei de chegar do pronto-socorro e preciso de alguns remédios. O senhor pode me atender, por favor?

O farmacêutico vestiu um casaco e percorreu a pé os três quarteirões que separavam sua casa do estabelecimento, na principal rua de comércio. Após aviar a receita, que ficou um pouco cara, o homem fez a ressalva:

– Acabou meu talão de cheques. Amanhã, assim que o banco abrir, trago o dinheiro dos medicamentos.

Como ainda não existia cartão magnético, e seu Euzébio confiava nas pessoas, disse que não tinha problema. Mas passou o dia, passou a semana, e nada de o vizinho cumprir a promessa. Quando a dívida já completava trinta dias e nem uma satisfação era dada, o dono da drogaria teve uma ideia. Faria a cobrança na casa do homem exatamente na hora em que foi acordado para atendê-lo.

Na madrugada seguinte, o plano foi executado com pontualidade. O caloteiro abriu a janela que dava para a rua e achou estranha aquela abordagem. Saiu-se da situação dizendo que passaria lá ao amanhecer para acertar o fiado. É claro que ele não apareceu.

A estratégia foi retomada. Tranquilamente, Euzébio esperou o relógio despertar, vestiu-se, atravessou a rua e bateu na janela do vizinho da frente, para uma segunda tentativa:

– O senhor poderia acertar aqueles remedinhos que comprou outro dia, porque a conta já virou o mês.

O rapaz pediu desculpas e renovou a palavra de que pagaria no decorrer daquele dia. Mas novamente não deu as caras na farmácia.

Então, o insistente Euzébio foi pela terceira noite seguida à casa do inadimplente. Mas desta vez foi recebido sem nenhuma gentileza. O caloteiro abriu a janela com um revólver em punho e garantiu que se fosse acordado outra vez ia meter bala no cobrador.

O farmacêutico voltou correndo para casa e colocou o débito na conta dos perdidos. Também colocou uma plaquinha: daquele dia em diante, remédio de madrugada, só com pagamento à vista.

28
Reencontro de turmas

Um amigo disse que não vai a reencontro de turmas (oitava série, serviço militar, faculdade, crisma, sobreviventes da Segunda Guerra) porque, sob a desculpa de matar a saudade, o que se quer mesmo é fazer comparações: quem está com a barriga menor, quem ficou mais rico, quem tem a mulher mais bonita, quem tem os filhos mais inteligentes...

Seria uma espécie de reunião de velhos conhecidos que acabaram de se conhecer. Um punhado de gente estranha tentando puxar conversa.

– Lembra aquela vez que quebramos a lâmpada do corredor da escola com os óculos do Jorginho?

Você, é claro, não lembra, mas diz que lembra só para não ficar de fora do papo ou não bancar o chato.

– E aquele dia que caiu a calça do professor Juarez?

Você puxa na memória e se recorda que o professor se chamava Genaro e usava suspensório, o que reduz drasticamente a possibilidade de o episódio ter acontecido.

Não sei se meu amigo tem razão de ser radicalmente contra reencontro de turmas, mas que algumas situações ficam mesmo atemporais, não há como negar. O passar dos anos têm o condão nos transformar em outra coisa, complemente diferente do que éramos na juventude. E isso se torna o centro dos comentários que a gente faz com a mão na frente da boca. Principalmente se alguém aparece de peruca.

O momento da oração pelos que já morreram, então, é o ápice da desfaçatez. Tem sempre alguém que balbucia "foi tarde", principalmente se o cara tiver pegado a loira que sentava na terceira carteira da segunda fila, e ele não. Invariavelmente, a maioria não desgruda do copo nem para fazer o Sinal da Cruz. E chega à conclusão de que o Lelé (o apelido do Laércio) poderia morrer mesmo, porque depois de pegar a loira que sentava na terceira carteira da segunda fila não teria nada mais para fazer neste mundo.

As turmas marcam encontros, muitas vezes, para marcar o encontro do próximo ano, na tentativa de ter um pretexto para manter-se vivo até lá. De todo modo, particularmente gosto de reencontro de turmas. Na pior das hipóteses, é uma oportunidade de trocar informações sobre dores em geral e receitas médicas.

Entre as várias manifestações de amor e ódio por reencontro de turmas, essas confraternizações organizadas para celebrar alguma coisa perdida no tempo, destaque para o que falava o saudoso prefeito Adail Nunes da Silva. Com o bom humor de sempre, dizia que o encontro dos dez anos invariavelmente era composto de almoço e uma visita ao cemitério, porque é comum alguém já ter partido dessa para uma melhor de forma prematura. Já o encontro da segunda década da formatura ou do Tiro de Guerra virava um problema: a visita ao cemitério demorava mais que o almoço.

Dr. Adail não gostava de participar dessas confraternizações porque tinha a certeza de topar com um colega, geralmente em piores condições físicas, disposto a dizer: nossa, como você envelheceu! O prefeito tinha razão. Uma festa de turmas é o momento mais esperado da vida para fazer comparações e destilar a inveja.

Não adianta pintar o cabelo e se matricular na academia dois meses antes. A essa altura do campeonato, a realidade se impõe. Dependendo da profissão escolhida e de como cuidou da saúde, as rugas vão denunciar os abusos e, pior ainda, que o cara não tem dinheiro para frequentar um cirurgião plástico. É, em última análise, um desleixado que desdenha do poder da autoimagem.

O completo despreparo para o momento mais importante desse tipo de confraternização atemporal entre amigos, que é a comparação dos carros, pode terminar em depressão crônica. Se você não tiver um modelo do ano, de preferência importado, você é um fracassado que merecia estar ali somente para provar sua mediocridade – que, aliás, já se manifestava na juventude, quando nem se arriscava a conquistar a loira que sentava na terceira carteira da segunda fila.

Já fiquei sabendo de encontro de turma que começa com missa solene e foto oficial na escadaria da Matriz e acaba com ex-colegas jurando vingança. O convite do "jubileu de prata" deveria vir com o subtítulo "a volta dos ressentidos". Outros, por precaução, vêm com a recomendação para não levar a família, porque ninguém merece passar vergonha na frente dos filhos. Afinal, há inúmeras situações constrangedoras nos reencontros de turmas. Nenhuma, porém, supera a da hora de dividir a conta da festa.

29
Nomes próprios

Tenho amigos, na casa dos trinta anos, que costumo classificar de raridades. Não necessariamente por suas habilidades ou alguma característica física, mas em virtude de seus nomes. Valdir e Laércio, definitivamente, devem ser os últimos da série. Da mesma forma, estão cada vez mais escassos os Sebastiões, Osórios, Domingos, Epaminondas, Jeremias, Vitalinas, Joanas, Marlenes, Neides e Gertrudes. Suspeito que os últimos Caetanos, Orlandos, Afonsos, Arlindos, Edites, Matildes, Gildas e Odetes já sejam sexagenários.

Nome também é moda. Já faz mais de uma década que Miguel é o mais usado para batizar crianças. Já temos uma geração de Miguéis, o que certamente tem como efeito uma concentração, numa sala de aula, de dois ou três alunos com esse nome – um teste de atenção para os professores. Em 2020, por pouco o Miguel (27.371 registros) não foi alcançado pelo Arthur (26.459). Na terceira colocação, vem outro sempre em evidência: Heitor (23.322). Embora nasçam mais meninas que meninos, o primeiro da lista feminina – Helena – aparece em quarto lugar (22.166), seguido de Alice (20.118), o que se explica pela maior criatividade de pais e mães de garotas na escolha dos nomes. Para fechar o top 10 e confirmar o que se afirma na frase anterior: Theo (18.674), Davi (18.623), Laura (17.572), Gabriel (17.096) e Gael (16.667 bebês).

A frequência de uso e a antiguidade dessa lista, com a possível exceção de Theo e Gael, provam que os epítetos tradicionais prevalecem no Brasil. Eles desbancaram o composto Enzo Gabriel, que reinou nos dois anos pré-pandemia, de acordo com o portal de Transparência do Registro Civil, da Arpen Brasil, a Associação Nacional dos Registradores de Pessoas Naturais. (Sempre achei graça da expressão "pessoas naturais", como se fosse possível o antônimo "pessoais artificiais", talvez apropriado para clones humanos.)

Imagine a confusão de homônimos daqui a alguns anos. O Enzo Gabriel de Oliveira de Santo Antônio de Aracanguá, em São Paulo, terá de provar que não é o Enzo Gabriel de Oliveira de São João dos Patos, no Maranhão, ou seu xará de São Pedro da Aldeia, no Rio de Janeiro. Isso é um perigo, pode causar um transtorno danado. Tenho um amigo chamado que, todos os anos, precisa renovar um termo judicial para livrar-se de cobranças indevidas porque tem a desventura de ostentar o mesmo nome de um caloteiro de mão-cheia residente numa cidade próxima.

O nome que carregamos a vida inteira é uma coisa muito importante para ser terceirizada, sobretudo quando ainda não podemos nos defender direito. Eu poderia provar que a recém-nascida de uma antiga vizinha não chorava de fome ou cólica, mas em protesto contra o nome que lhe deram. Só não digo aqui porque ela se identificaria – e eu não quero arrumar confusão –, tal a "exclusividade" da escolha. Hoje os cartórios não aceitariam tamanha falta de bom senso.

Parece meio maluca, mas a tese segundo a qual a criança poderá escolher como gostaria de ser chamada, lá pelos dez anos de idade, será uma realidade na sociedade do futuro. Porque tem uns pais que são especialistas em sacanear os filhos, juntando a primeira sílaba do nome do pai com as duas últimas do nome da mãe – ou vice-versa. Isso quando eles não homenageiam os dois avós com o mesmo bebê, criando substantivos compostos que não combinam. O bullying, nesses casos, começa na certidão de nascimento.

Antigamente, quando a TV ainda dominava o pedaço, era comum os artistas servirem de inspiração. Acho que todos os Tarcísios do Brasil são derivados do grande Tarcísio Meira, galã que tirava suspiros das nossas mães e avós. Se existem Thalías por aqui é por obra e graça da atriz e cantora mexicana Thalía Miranda, protagonista de novelas que o SBT exibia à exaustão. As personagens também eram boas fontes. Os Jerônimos – outro na lista dos nomes em extinção – da geração 1970 eram filhos de fãs do folhetim rural da TV Tupi, regravada na década seguinte pelo SBT. O que a novela Explode Coração (Globo, 1995) fez explodir mesmo foi uma corrida aos cartórios. O nome Dara, da personagem dançante vivida por Tereza Seiblitz, pulou de 183 para 7.500 ocorrências no ano. Já o cigano interpretado pelo ator e modelo Ricardo Macchi fez os Igor saltarem de 30.000 para 130.000 registros.

Dizem que o nome influencia o destino. Aqui em casa mesmo temos dois grandes cantores: Antonio Marcos e, este que vos fala, Nilton Cesar ("receba as flores que lhe dou / em cada flor um beijo meu"). Para o bem da humanidade, a justaposição artística de nossos nomes não teve impacto em nossas carreiras profissionais, e o mundo se livrou de mais uma possível dupla sertaneja romântica. O mais que avancei em termos musicais foi cantar no Coro da Matriz e compor o naipe de tenores do Municipal. Meu irmão não toca instrumento nem canta no chuveiro, mas conhece tudo de música, porque trabalha em rádio desde a adolescência.

Os pais ficam mesmo indecisos na hora de uma escolha que durará a vida inteira, diante de tantas opções. Há nomes unissex, como Adair, Nadir (minha mãe), Darcy, Dagmar, Audrey e Valdeci, e outros ainda mais versáteis, como Ariel – quando crescer, Ariel pode escolher ser homem, mulher, princesa da Disney ou sabão em pó, sem necessariamente ter que recorrer a um juiz. Marias, Sophias, Patrícias, Marianas, Valentinas, Manuelas, Letícias nunca sairão de moda. Os santificados João, Pedro, Antonio, José e Paulo, assim como os nomes dos anjos Miguel, Rafael e Gabriel têm lugares garantidos nas listas de chamada. Quanto ao campeão absoluto na preferência nacional, a vantagem de se chamar Miguel é a de que nunca terão de "dar uma de Miguel", pois já serão os próprios.

30
Sexta-feira, uma paixão

Nem sábado nem domingo. Gosto mesmo é da sexta-feira. Sei lá, é uma coisa que me persegue faz tempo, final da meninice, começo da adolescência. Alguma explicação deve ter. A que me parece mais razoável é o fato de que, quando comecei a trabalhar pra valer, lá pelos treze anos, a sexta era dia de fechamento da edição semanal do jornal em que trabalhava. Sair da redação às nove, dez da noite e por isso faltar da aula me fazia sentir adulto. Ia embora cansado, mas me punha na melhor roupa, geralmente a mesma, e me apressava em rodear os bailes do Clube Imperial – sempre tinha um baile às sextas. Meu alvará para passeios noturnos veio antes dos 15 anos, sem hora para chegar. Só entrei no salão anos mais tarde (menor de idade não podia), quando virei sócio e então pude também frequentar as piscinas. Antes disso, o jeito era ficar lá fora curtindo com os amigos a movimentação.

Passava a semana inteira pensando na sexta-feira e confesso que ainda é assim. Na quinta já durmo feliz. Acordar numa sexta-feira de sol é uma alegria só. Ainda mais agora no inverno em que o céu da cidade logo cedo fica pintado de um azul inigualável. A imensa tela de anil sem nuvens faz toda a diferença, melhora até o humor. Ninguém combina nada, mas de sexta o uniforme é mais leve, uma camisa sem botões combina bem com o que para mim é o último dos dias úteis. Ter um emprego com o sábado livre foi um sonho concretizado, pois deixa o fim de semana mais longo. Na hora do cafezinho, fala-se da programação para sábado e domingo, mesmo que seja só uma expectativa que na prática não se realiza. Geralmente surge uma ideia de comida mais elaborada ou um churrasquinho de última hora, já que os previamente combinados nunca dão certo.

Sexta-feira é sinônimo de happy hour, aqueles momentos depois do expediente em que todo mundo esquece os problemas e fica um pouco rico. Depois tem a saída para uma pizza, seguida de um filme. Irromper assim a madrugada do sábado dá a sensação de alongar a sexta, o que é ótimo. Durante a pandemia, não teve como ser diferente, o programa fora de casa foi substituído por opções gastronômicas domésticas, também prazerosas. Ninguém via a hora de poder botar a cara para fora, sem máscara e sem medo, nem se for só para tomar uma Coca-Cola e ver o vaivém de carros e pessoas.

Ter uma boa companhia é indispensável, evidentemente. Além desse detalhe importante, os rituais habituais é que criam a atmosfera de prazer. Já experimentei fazê-los às terças ou quintas, mesmo as que caíam em vésperas de feriado. Não tem a mesma graça. Daí a conclusão de que a sexta-feira e suas possibilidades têm algo mágico, alguma coisa forte o suficiente para melhorar o ânimo. Talvez seja efeito da Lua, que está envolvida em tantos processos por aqui, das marés à melhor data para o corte de cabelo, que já não duvido de mais nada. Ou simplesmente porque precede o sábado, dia de bater pernas e fazer um social.

Como o prazer sempre é mais efêmero que os sentimentos normais, as 24 horas da sexta-feira parecem voar no tempo. Demora-se uma eternidade para chegar até ela, que se esvazia rapidamente ao girar louco dos ponteiros do relógio. Por mais experiência que se tenha, é preciso organização e disciplina para aproveitá-la ao máximo, o que se aprimora com o passar dos anos. Nada mais frustrante que uma sexta-feira não aproveitada, sobretudo as com noites claras e brisa suave, essas que abraçam os casais de namorados tanto quanto estes são inspirados por elas para trocar afagos e juras de amor.

Bom é saber que essa simpatia pela sexta-feira é compartilhada com muita gente. Pois não é que ela acabou virando verbo da primeira conjugação, o verbo sextar, que já merece ir para o dicionário?! Nenhum outro dia da semana foi tratado com tamanha deferência. Pode notar que todo apresentador de rádio e TV abre um sorriso para anunciar: sextou! Portanto, não foi coincidência que minha filha, Mariana, nasceu numa sexta-feira à noite, a mais linda da minha vida. E não era uma sexta qualquer: era noite de festa para Santo Antônio, 13 de junho, o primeiro dos santos juninos. Viva a sexta-feira!

31
Comidas

Comemos para viver, não vivemos para comer. Às favas o autor dessa blasfêmia. Encher a barriga é a primeira coisa útil que fazemos na vida. Depois de abrir o berreiro ao sair de dentro da nossa mãe e receber um banho, o que fazemos? Não ganha um chocolate quem respondeu uma boa mamada, porque a resposta é muito óbvia. Você, é claro, não se lembra, mas sabe disso porque o ritual é manjado e, não raro, registrado em foto com mamãe sorrindo. Saciados e mal-acostumados pelos nove meses de vidão gestacional, dormimos o sono dos recém-chegados, não sem antes de ser voluntariosamente balançado para soltar o primeiro arroto.

Trabalhar, praticar esportes, fazer sexo, ler, descansar, pintar o teto da Capela Sistina, esculpir a Vênus de Milo é tudo aquilo que fazemos quando não estamos comendo. A alimentação é a nossa atividade principal, o princípio vital do corpo. Há quem mastigue algo enquanto faz outras coisas, o que não é recomendável para a digestão. Porque comer é a parte mais importante do dia e da vida de todos os seres vivos, de extremo a extremo da cadeia alimentar. Por isso existem os intervalos para almoçar e jantar, garantidos por lei, no caso dos humanos, além dos dez minutos do cafezinho.

Aprendemos cedo que a comida fornece os nutrientes sem os quais a sobrevivência fica inviável. Por mais que a ciência avance, isso nunca vai mudar. Mandar para dentro uma boa pratada é, portanto, uma homenagem que fazemos à própria existência e aos primeiros hominídeos que saíam à caça para garantir um mínimo de calorias diárias para ele e sua prole. No fim, é o mesmo esforço que repetimos todos os dias quando, no lugar de armas rudimentares, vestimos a roupa e pegamos a chave do carro para enfrentar mais uma jornada em busca do sustento.

Chega-se à conclusão de que, se algum dia, inventarem pílulas capazes de substituir uma refeição, a humanidade estará a um passo do fim, pelo menos quanto ao que ela tem de melhor, que é sua força coletiva. A capacidade de agregar que a caracteriza como sociedade é movida pela fome ou por aquela sensação que transcende à necessidade biológica, que é a vontade de comer. É por isso que, quando se juntam as duas, o refastelamento é certo, nos lembra o antigo ditado.

Existe algo mais mobilizador que comida? Se existe, ainda não me convidaram para desfrutar da novidade. Todo mundo já se perguntou mentalmente se na reunião vai ter comida, sobretudo se o assunto não é lá muito do seu interesse. Difícil quem nunca declinou de um convite ou inventou uma febrinha por esse motivo mais que plausível. E as festas, então? Todas têm comes e bebes para regalo geral. Prova da importância dessa satisfação primeva são as Bodas de Caná, episódio narrado no Evangelho de João, em que Jesus deu um jeito de providenciar o vinho.

Isso se falar na multiplicação dos cinco pães e dois peixes. A exortação segundo a qual "Não é o que entra pela boca o que contamina o homem, mas o que sai da boca, é isso o que o contamina" é a advertência de que é melhor um regabofe, uma boca-livre, do que falar mal da vida alheia. Quando as famílias se reúnem sempre há uma mesa posta, e em todas não falta o tipo "cachorro magro", que come e vai embora de fininho. A comida é sempre a protagonista. Todo o resto é pretexto.

Diante de um banquete, muitos chegam ao descontrole, se não na comilança, no comportamento atávico de cumular reservas para tempos de vacas magras, como nossos ancestrais das cavernas eram obrigados a fazer para não morrerem de inanição. Já vi damas das melhores famílias providenciando reservas extras nas bolsas, abrindo clarões nas mesas de docinhos. Presenciei cavalheiros de boa reputação na sociedade que, talvez tendo se esquecido de fazer a feira, enchiam o porta-malas com as frutas da decoração do baile do Havaí. Analistas de coração mais duro classificariam atitudes assim como falta de educação. Mas isso deixo para os profissionais da área.

Sendo a comida a mais recorrente das ações humanas – em circunstâncias normais, três vezes ao dia, fora as beliscadas –, a variação do cardápio torna-se um desafio e uma oportunidade de negócio. O velho e bom caderno de receitas da vovó vira peça de museu quando deparamos com milhares de canais no Youtube, conduzidos por chefs renomados e cozinheiros amadores, emissoras e programas de TV especializados em gastronomia, sites que ensinam o passo a passo de uma receita, fora o conteúdo patrocinado por empresas alimentícias que invade as redes sociais.

Tudo isso tem público garantido. Só não aprende quem não quer ou ainda não descobriu o prazer de entregar-se a preparações mais ou menos complexas. Esses meios tecnológicos disponíveis nas nossas telas provam que a cozinha básica do dia a dia pode, sim, desdobrar-se em camadas de sabor, muito além do arroz com feijão. O fim de semana é um caso à parte. Não só podemos nos dar ao luxo de pratos que exigem mais tempo de forno e fogão como também apreciá-los mais demoradamente ao lado de quem amamos. Além de desfrutar das horas necessárias à digestão, para depois dormirmos o sono dos recém-saciados. Só falta mesmo o colo da mamãe.

32
Canções para elas

Amélia já foi sinônimo de mulher de verdade. Não tinha a menor vaidade nem reclamava de às vezes passar fome ao lado do companheiro. Na canção "Ai que saudade da Amélia", de Mário Lago e Ataufo Alves, seus predicados são comparados aos da atual, que faz tanta exigência e só pensa em luxo e riqueza. Na sociedade de meados do século passado, as Amélias eram um modelo feminino para casar, pois submissas e companheiras de horas amargas. A letra do samba, que teria sido inspirado numa empregada doméstica da cantora Aracy de Almeida, despertaria espanto e revolta se fosse lançado agora. Mulher de verdade é aquela que não aceita qualquer imposição no casamento, mas naquele tempo era uma homenagem.

Não é somente no Brasil que os compositores capricham na hora de fazer canções com nomes de suas musas – ou de mulheres simples, que enfrentam toda sorte de dificuldades. Em várias línguas, principalmente na inglesa, há lindas faixas a reverenciá-las. A lista passa de cem produções, muitas delas conhecidas mundialmente.

Por aqui, uma das mais famosas é "Iracema" ("Iracema, meu grande amor"), de Adoniram Barbosa, moça que morreu de acidente na famosa Rua São João. Isso na música, porque o atropelamento, na verdade, foi na Rua da Consolação, que vai dos Jardins até o centro antigo da cidade. Em 1956, o músico paulistano leu no jornal a notícia de que uma jovem com esse nome fora atropelada e aproveitou a história. Iracema, certamente o amor da vida de alguém, acabou imortalizada na canção. Portanto, nada a ver com "a virgem dos lábios de mel, que tinha os cabelos mais negros que a asa da graúna, e mais longos que seu talhe de palmeira", a Iracema do romance indianista de José de Alencar.

Sylvio Brito, que tem ótimas canções e é uma simpatia, escreveu "Não conheça Marli". Mais que uma música, é uma advertência: "Se você for a São Paulo, não conheça Marli / Por favor, faça tudo, tudo pra não ver Marli. / Ela é linda, pra melhor informação, tem os olhos claros / quando olha pra gente faz nascer de repente um amor tão grande". A música não é muito conhecida, mas deveria ser, pelo menos por quem está atrás de um rabo de saia.

"Camila, Camila", do grupo Nenhum de Nós, fala de agressão física e psicológica: "A lembrança do silêncio daquelas tardes / Daquelas tardes / Da vergonha do espelho naquelas marcas / Naquelas marcas". Foi composta e lançada na era de ouro do rock nacional, tendo como foco as agruras de uma colega de escola dos integrantes da banda. O nome foi trocado, mas a violência praticada por um namorado cruel era real. O Nenhum de Nós foi pioneiro na abordagem desse tema, que ainda hoje faz parte da rotina de muitas mulheres.

Pionerismo também é uma marca de "Bárbara", uma das muitas obras-primas de Chico Buarque, em parceria com Ruy Guerra. Trata do amor homossexual entre duas mulheres, até então um tabu, algo que só acontecia às escondidas: "Vamos ceder enfim à tentação / Das nossas bocas cruas / E mergulhar no poço escuro de nós duas". A canção foi uma encomenda para a peça "Calabar: O Elogio da Traição", de 1972.

O grupo Los Hermanos chegou às paradas com o hit pegajoso "Anna Júlia", de Marcelo Camelo: "Quem te vê passar assim por mim / Não sabe o que é sofrer. Ter que ver você, assim, sempre tão linda. Contemplar o sol do teu olhar, perder você no ar." O refrão ("Oh, Anna Júlia á á") atormenta até hoje as garotas com esse nome e teria sido um presente para a então estudante de jornalismo da PUC do Rio de Janeiro Anna Júlia Werneck, a musa inspiradora.

Os menos jovens lembrarão de "Elvira Pagã", com que a roqueira Rita Lee homenageou uma famosa vedete dos anos trinta. Mulher ousada, rainha do Carnaval do Rio de Janeiro e também uma das primeiras a usar um biquíni na praia de Copacabana. Diz a letra: "Todos os homens desse nosso planeta / Pensam que mulher é tal e qual um capeta / Conta a história que Eva inventou a maçã / Moça bonita, só de boca fechada / Menina feia, um travesseiro na cara / Dona de casa só é bom no café da manhã".

Só para falar de mais algumas famosas: "Bete Balanço", de Cazuza e Frejat, feita para filme homônimo. "Fátima", de Renato Russo, gravada pelo Capital Inicial, refere-se ao Segredo de Fátima, profecia apocalíptica feita por Nossa Senhora de Fátima em aparições para três crianças portuguesas. A dançante "Madalena", de Ivan Lins e Ronaldo

Monteiro, e imortalizada por Elis Regina, teve como musa Vera Regina, ex-namorada de Ronaldo. Diz a lenda que a música nasceu enquanto o autor afogava as mágoas na mesa de um bar de Copacabana, após o rompimento do namoro: "O amor é uma gota / comparada ao pronto meu".

Seriam necessárias dezenas de páginas para falar de todas as belas canções com nome de mulher na música brasileira. Só para fechar, mais uma descrição de Marli para ajudar o leitor que porventura tenha de ir para a capital paulista: "É morena, tem a boca bem pequena / morde os lábios sempre / num sorriso inocente quando sente o desejo de tentar a gente". Indo para São Paulo, lembre-se: fique longe da Marli.

33
O futuro é o que interessa

Nada contra os historiadores, mas admiro mesmo os seres humanos que pertencem àquela casta especial capaz de vislumbrar o futuro. Escarafunchar o passado é uma ciência, muito bonita por sinal, mas que volta e meia é vilipendiada por gente pouco afeita ao assunto, que muda os detalhes, quando no máximo mantêm a espinha dorsal do ocorrido. Existem historiadores sérios, aqueles que se debruçam em pesquisas. Porém, estão cada vez mais evidentes os que, quando não encontram as respostas, botam lá as que lhes dá na telha. São ficcionistas travestidos de defensores dos fatos que lhes fogem ao conhecimento e ao descobrimento a posteriori.

Reservo o melhor da minha admiração aos que falam sobre o futuro – e acertam! São raros. O que se encontra aos montes são os profetas do fato acontecido – sem nomes, por favor. Os bons de prognóstico geralmente estão na imprensa – aqui puxo um pouco da sardinha para o meu prato. A maioria dos analistas de economia erra feio, assim como os que se dizem entendidos de política. Mas há que conseguem antecipar tendências, apontar cenários próximos com exatidão, cravando até algumas casas antes da vírgula. Para quem tem um pouco de sensibilidade, a prática cotidiana da leitura permite antever quadros, o que também é possível quando se raciocina livre de amarras doutrinárias.

Há muito do futuro nas entrelinhas de textos e discursos. Basta interpretá-las. Não me refiro às coisas óbvias, que qualquer tapado percebe. Um exemplo: quando se tenta obter um resultado diferente fazendo tudo do mesmo jeito. Nesse caso, é claro que se andará em círculos. Quem consegue enxergar o ponto de inflexão geralmente sai na frente na conclusão de temas que estarão na bandeja ali na frente. Informação é ouro em pó. Saber o que fazer com ela é o pote todo no fim do arco-íris. Incluem-se nesse seleto time os empreendedores comerciais, os políticos vocacionados, alguns jornalistas, os bons observadores e os inovadores em geral.

Projetar o futuro é tarefa para gente sensata, desconfiada e persistente. Estão decididamente fora os inventivos de manicômio e os que passam para frente tudo o que ouvem, sem checar, ou compram ideias as mais absurdas, batendo palma para louco dançar. Isso é muito comum durante campanhas eleitorais, embora atualmente campanha eleitoral costuma durar quatro anos e, governo que é bom, necas de pitibiribas. Pintam maravilhas para os dias vindouros e entregam a situação pior do que a encontraram. Quando oferecem alguma explicação para o fracasso, geralmente colocam a culpa na conjuntura e nos adversários, não necessariamente nessa ordem.

Num país pródigo em sobressaltos e soluços, quem nunca previu quadros que se concretizaram, seja na vida particular, seja no cenário social, político ou econômico? No futebol, então, nem se fala. Mas há os entendidos profissionais, que mostram com clareza para que lado a coisa vai, acertando muito mais do que errando. Parece que têm bola de cristal, não é possível.

Se olhar para o futuro com nitidez é uma forma superior de inteligência, o que dizer dos que trabalham para que novidades saiam das pranchetas e entrem para a vida real. Recentemente, o bilionário Richard Branson, dono da Virgin Galactic, voou a bordo da própria nave espacial, coisa que vinha prometendo havia uma década. Jeff Bezos, da Amazon, fez o mesmo, alguns dias depois, com um foguete sem piloto construído pela Blue Origin, sua empresa de exploração turística do espaço. Ambos já vendem, a preços estratosféricos, assentos em suas carangas que quebram a velocidade do som. Tem gente que paga milhões pela promessa de pouquíssimos minutos fora de órbita – proeza que eu consigo com algumas taças de vinho.

E vocês viram o professor Stefan Klein, que viajou de uma cidade para outra, na Eslováquia, voando com seu carro de passeio que, em dois minutos e quinze segundos e usando gasolina comum, transforma-se em carro alado? A aventura exitosa, que levou 35 minutos, foi um sucesso. Na infância, ouvia dizer que no ano 2000 os automóveis iam voar. Tudo bem, demorou um pouco mais, mas está valendo. Também torço para a ciência apresentar logo a cura para algumas deficiências paralisantes, devolvendo o caminhar a pessoas que perderam o movimento ou nunca tiveram o prazer de andar com as próprias pernas.

Com raras exceções, o Brasil faz parte do grupo de países atrasados meio em tecnologia. Se a comparação for com nações asiáticas, dá vontade de chorar. Lá, os eletrodomésticos e as próprias casas são todos automatizados, facilitando a vida do morador. Mas algum dia haveremos de ver tudo isso por aqui também. Sou completamente a favor dessa parafernália, que as crianças já nascem sabendo mexer, e nós do século passado, só lendo três vezes o manual.

Em tudo, o futuro está logo ali. Mas nem todos são capazes de identificar seus sinais. O ponto de ruptura com o passado é tênue e, geralmente por culpa nossa, confunde-se com o hodierno e o contemporâneo – e só uma coisa é pior que passado disfarçado de presente: subverter a História, com H maiúsculo, para forçar uma narrativa contra ou a favor. Mas ultimamente é o que mais se vê por aí.

34
Heróis de bar

A sociedade está doente, diria um observador apressado. Mas é bom esclarecer que isso aqui não é um tratado de medicina ou de sociologia. O tema é mais ameno. Há não muito tempo uma reportagem informava que, na cidade do Rio de Janeiro, a quantidade de farmácias já estava empatando com a de bares, cenário que não deve estar longe do das demais cidades país afora. Se há tantos endereços para venda de remédios significa que existe gente que está precisando deles. Vivi para ver a demolição de um bar outrora muito frequentado pela juventude de todas as idades para a construção de uma loja de departamentos. Qual não foi a surpresa quando no local acabou se instalando uma dessas drogarias de rede.

Feita a constatação mercadológica, vamos ao que interessa para o momento, que é a existência de um personagem muito presente nos templos de lazer, cultura e às vezes gastronomia: o Herói de Bar (HdB). Todo mundo que frequenta esses locais cultua ou já cultuou um HdB. Ele pode ser um rico mão aberta que paga umas cervejas, um cara meio filósofo, um que conhece vários países, um político, um advogado de renome, um que canta e toca violão, outro que sabe contar piada, um que manja de cozinha, um médico que distribui amostras grátis e consulta ali mesmo ou simplesmente um sujeito boa-praça e bom de papo.

Como o bar é um lugar onde as ideias e as palavras fluem, molhadas pelo líquido que liberta os sentimentos mais diversos da psique humana, não raramente um HdB se torna um influenciador, não digital, mas analógico. O que ele diz é lei para alguém, mesmo que a coisa não faça muito sentido. Certa vez um amigo chegou dizendo: fulano contou no bar que não toma banho com sabonete há anos porque estraga a pele. E assegurou que estava com toda a razão, porque sabonete tem química. Eu, que conhecia o HdB dele, perguntei em tom exclamativo: mas você considera a pele dele boa?! Após pensar um pouco, a resposta foi não, o que fez cair por terra a tese maluca, que ainda por cima faria qualquer um cheirar a cachorro molhado em poucos dias. Outro disse que ia tomar Ivermectina porque seu HdB disse que era ótimo contra o coronavírus.

Um político torna-se facilmente o HdB de alguém. Basta fazer algum favorzinho, como mandar fechar um buraco no asfalto, conseguir uma vaga para o filho na creche ou fazer um discurso na hora certa. O cara viajado acaba atraindo a atenção porque fala com desenvoltura das culturas e dos pontos turísticos que conheceu. O músico agrada naturalmente porque suas canções podem tocar o coração e até levar o bebum às lágrimas, nem se esteja tocando em dó sustenido e cantando em lá bemol. O tipo filósofo, por sua vez, é o oráculo do bar. Com suas respostas certeiras e infalíveis, embrulhadas em papel bonito, é capaz de tornar-se o HdB de vários ao mesmo tempo. Seus admiradores replicam as teses em casa e podem até brigar com a patroa se ela discordar.

O mais interessante é que todos os frequentadores assíduos de um boteco têm e são HdB ao mesmo tempo. É uma corrente, um ciclo de virtuoses quem nem sempre é percebido pelos envolvidos nessa relação que transcende à simples amizade. O dono do bar saca quem é quem quando o freguês lhe pergunta "fulano já veio hoje?" ou "sicrano foi embora mais cedo?" Porque um HdB é ansiosamente esperado para o papo do dia. Um HdB sempre tem algo de relevante a dizer. A relevância, claro, às vezes é subentendida pelo interlocutor, porque em bar que é bar não se desmente ninguém, sobretudo um HdB.

Um sujeito pode trocar de HdB, no caso de ele mudar de estabelecimento ou de cidade, mas nunca ter dois ao mesmo tempo para não ser confundido com bajulador. Um HdB pode ser HdB de vários ao mesmo tempo, e isso é muito comum. Até pode rolar ciúme, mas um HdB sabe muito bem contornar situações assim, sempre dando atenção para seu grupo. Geralmente, diz a mesma coisa a todos, variando conforme o grau evolutivo do interlocutor – quando fala de futebol ou política, por exemplo. Dependendo da conversa, um petista pode ir para casa falando bem do Arthur Lira, e um bolsonarista pode sair convencido de que Renan Calheiros é o homem certo no lugar certo.

Os HdB só não podem ser os donos do bar, porque é impossível desempenhar esse papel e cuidar da clientela ao mesmo tempo. Seria um perigo para a sobrevivência do negócio, principalmente porque sempre tem uma farmácia à espreita do ponto – as esquinas são as preferidas. A propósito, nada contra as drogarias. A relação que mantemos com um e outro tipo comercial vai se desbalanceando com o passar do tempo. Quanto mais velhos ficamos, a conta do bar vai ficando mais barata e a da farmácia, mais cara. A vida é assim, infelizmente. Enquanto isso não acontece, é à farmácia que recorremos para garantir a providencial cartela de Engov e um ou outro comprimidinho para rebater os efeitos da ressaca, que HdB nenhum consegue debelar com palavras.

35
Viver também é esquecer

Há quem consiga lembrar-se, em detalhes, de muitas histórias próprias. Dizem que as tristes, por terem sido mais marcantes, são as que se prendem facilmente na memória. "A vida seria um tormento se nos lembrássemos de tudo que nos aconteceu", ensinou Otto Lara Resende. O véu do esquecimento, portanto, é uma estratégia da arquitetura cerebral para que o trem não descarrile, além de liberar espaço para novas experiências.

É impossível e seria besteira tentar reter tudo, na esteira da convicção egocêntrica de que toda vida dá um livro. Nem os "queridos diários", recheados de ingressos de baile e papel de chiclete ganho do paquera, que as meninas escreviam, eram capazes de conter relatos fidedignos. Mesmo as autobiografias mais sinceras escamoteiam passagens para manter a boa fama ou simplesmente dourar alguma pílula.

As pessoas geralmente usam errado a expressão "minha vida é um livro aberto". Ele está aberto porque suas páginas são escritas ao ritmo dos acontecimentos cotidianos. O ditado não quer dizer que tudo fica escancarado para ser lido por qualquer um, como aqueles exemplares da Bíblia que os antigos colocavam na estante da sala – e por sinal nunca liam.

Porque todos têm alguma coisa a esconder, e isso não está relacionado a algo errado ou criminoso. Muito pelo contrário. Além de fatos que causam vergonha e os pequenos fracassos, há convicções enraizadas, desilusões amorosas, amores platônicos, vontades inconfessáveis, suposições, superstições, juízos de valor, idealizações, medos, conceitos tão profundos que sem os quais a personalidade seria outra. Enfim, temas muito íntimos para serem divididos até mesmo com quem convivemos uma vida inteira. Expô-los poderia não fazer ruir o edifício todo, mas é melhor evitar porque não se sabe onde ele se escora.

As histórias alegres, de fato, são as menos lembradas, na maior parte das vezes. A felicidade decorrente dos sucessos é menos duradoura e a mente volta ao estágio normal após a euforia causada pelo turbilhão de serotonina desencadeado pelo evento festejado. Já uma contrariedade boba, se não for chutada logo, pode desandar numa depressão. E como fugir da tentação, a que muitos se deixam levar, de pôr a própria dor acima da dor do outro? Essa é a pior das ciladas, verdadeira autossabotagem.

Quando o assunto envolve terceiros – e geralmente os envolve diretamente –, um componente precisa estar claro. Há quem confunda esquecimento com perdão, este, essencial para que aquele aconteça plenamente. Os fardos que vão ficando pela estrada tornam o caminhar mais leve. Mas cuidado para não transformar o perdão em exercício reincidente de submissão, mecanismo que anula a identidade e acaba por piorar as coisas.

Nem todos os dias dão uma página à altura de figurar no seu livro – quando não gosta do resultado, o escritor amassa a folha e joga no lixo. O jeito é guardar nos escaninhos da memória somente o que vale a pena, nem que seja apenas para uma eventual consulta futura, e jamais ser revelado. Lembre-se de que fechar capítulos é importante para se começar um outro. Pode ser difícil, mas saber a hora certa do ponto final coloca as coisas no seu devido lugar.

E não se preocupe: nem a vida dos grandes heróis da humanidade foi uma obra-prima – sem episódios de superação não existiriam heróis. Bons editores a transformaram em best-seller exatamente explorando as dificuldades que eles enfrentaram e porventura escondendo alguma mazela que já tenha vindo a público, porque as desconhecidas e inconfessáveis, essas foram levadas para o túmulo. Por último, e não menos importante, é aceitar o desafio de ser o protagonista da própria história. Só aí já é meio caminho andado.

36
Nas alturas

É incrível a relação que nós humanos temos com a altura. Posso apostar que a maioria algum dia já desejou ter asas para desfrutar a visão do solo que os pássaros têm, voando por aí quando bem entendesse. Passei por uma fase de sonhos reiterados, em que possuía o poder de flanar a poucos centímetros do chão, uma sensação indescritível de liberdade e ainda por cima com rapidez sobre-humana de locomoção. Acordar com a impressão de que a aventura era real é algo que até hoje não me sai da cabeça.

Com agilidade quase simiesca, o menino levado aqui adorava subir em tudo, o que me rendeu – por duas vezes! – uma abertura no queixo, que me deixou temporariamente com duas bocas. As marcas das suturas estão aqui para provar. Sem contar o dia em que pulei de cima da casa com um guarda-chuva aberto, imitando uma cena comum em desenhos animados. Subtraído da minha mãe, o acessório não foi suficiente para servir de para-quedas. O que impediu que me esborrachasse, além do anjo da guarda sempre de plantão, foi um monte de areia de construção sobre o qual pulei. De bobo só tenho a cara e o jeitão de andar: o teste do guarda-chuva foi feito com risco calculado.

Alheias ao perigo, crianças sentem atração por altura. É só o adulto se descuidar um pouco e olha o menino subindo na escada, no muro, pendurado no último galho da árvore. A água, desde que esteja na piscina, também tem algum componente que deixa a garotada doida. Seria ótimo se ela exercesse o mesmo fascínio quando caísse do chuveiro. Criança e banho são coisas que não combinam. Minha irmã mais nova, Isabel, empacava na porta do banheiro e abria o berreiro. Invariavelmente, eu era reconduzido ao chuveiro porque saía talvez em pior estado do que entrara.

Pelo menos para nós brasileiros, ninguém melhor do que Santos Dumont para simbolizar a inebriante ligação do homem com as alturas. Embora sua invenção tenha sido usada, mais tarde, para lançar bombas, o avião e suas várias utilidades encurtaram distâncias. Atraídos pela figura de Deus, causa primeira de todas as coisas, aprendemos desde cedo a volver os olhos para o céu quando esgotadas as possibilidades terrenas ou simplesmente para agradecer. No cinema, as tomadas de baixo para cima representam bem essa contemplação, mostrando a força da linguagem visual.

Se com a Torre de Babel a humanidade já tentou, sem sucesso, alcançar o mais além, um punhado de países se lançou na disputa de qual constrói o prédio mais alto, o campeão dos arranha-céus. Quem já deu um beijo apaixonado no ápice de uma roda gigante, a rainha dos parques de diversão, já pôde ter a sensação de estar temporariamente fora do corpo, flutuando entre as nuvens. Da mesma forma, um teleférico oferece a melhor visão da paisagem, com o barato de estarmos a dezenas de metros do chão – e de preferência com os pés balançando. Esse prazer pode suplantar o pavor dos acrofóbicos ou dos que enjoam até em escada rolante.

O turismo sempre soube atuar nesse vasto mundo das emoções acima do nível do solo, seja nos passeios de teco-teco que eram oferecidos nas festas da cidade de antigamente, no arvorismo do hotéis-fazenda ou na sensação de liberdade proporcionada pelos voos panorâmicos de asa delta ou parapente. O cume de uma montanha é o objetivo dos atletas de escalada, e representa a superação de obstáculos das encostas íngremes, a conquista do equilíbrio e da felicidade morro acima. E bota adrenalina nisso.

O turismo espacial que já começa a ser explorado e a promessa do carro voador a ser cumprida ainda nesta década fazem parte da aventura humana de desafiar os próprios limites. Desde os experimentos do pai da aviação, transpor as asas da imaginação para o mundo real deixou de figurar no terreno da magia para ocupar a inesgotável seara da tecnologia. Inspirados nas pipas, os drones são os olhos do homem a perscrutar ambientes antes circunscritos às aves, com a vantagem do registro de fotografias e imagens em movimento. Se o que vem de baixo não nos atinge, o mesmo não se pode dizer do que ronda acima das nossas cabeças, e aqui não me refiro à pontaria dos pombos, mas à ameaça a nossa privacidade.

No fim de tudo, está o desejo ancestral de sair do casulo, desafiando as leis da física e da gravidade, aquela que nos puxa para a crosta terrestre, com pelancas e tudo. Como a antítese do medo não é a coragem, mas a decisão de enfrentar nossas fraquezas, conforme pontificou Mark Twain, somos impelidos a querer sempre um degrau acima. É bom que seja assim, para a evolução das coisas e da própria espécie. A conclusão é que não há mais volta: de onde partimos e aonde já pudemos chegar, a única certeza é de que o céu já não é mais é o limite.

37
Consulta on line

– Olá, com certeza vc não me conhece. Sou vidente especialista em quiromancia.

– Faz o quê?

– Leitura de mão.

– Como conseguiu meu contato?

– Adivinhei, Luiz.

– Como sabe meu nome?

– Adivinhei de novo!

– Eu não quero saber de leitura de mão. Tchau, vou te bloquear.

– Peraí. Talvez eu fale uns números da sorte no fim da consulta...

– Números da sorte?! Como é isso? Pode ser da Mega?

– Ué, a sorte é sua. Eu só revelo.

– Opa, mas isso tá com cara de golpe. Como vc vai ler minha mão se não estamos perto um do outro?

– Bate uma foto da palma da sua mão direita e me envia.

– Aí vc pega minhas digitais e...

– Opa... Não sou disso. Honestidade e sigilo são as almas do negócio.

– Vai falar isso pra esse pessoal da internet.

– Mas o que eu faria com suas digitais?!

– Ouvi falar que fazem moldes de silicone pra sacar dinheiro em caixa eletrônico.

– Sou vidente, não uma criminosa cibernética. Ganho a vida com meus dons.

– Já sei. É uma pegadinha. Foi o pessoal do escritório que te deu meu telefone, não foi?

– Te garanto que não.

– Mas eu não quero nada. Obrigado.

– Nem os números da sorte?

– Pode falar, tô anotando. Ando mesmo precisando ganhar uma graninha.

– Isso é bonificação da consulta. Preciso ler sua mão primeiro. Sem isso não consigo ver nada. Mande a foto da mão, de preferência com os dedos abertos.

– Tá bom!!! Pronto. Enviei a foto.

– Mas tem que enviar também a foto do comprovante do depósito do pagamento da consulta. São 100 reais. A chave do meu Pix está no cartão que enviei anteriormente.

– Tá ok. Tô fazendo o pagamento. Pronto.

....

Dois minutos depois...

– Vidente do cacete. Me bloqueou. E nem me mandou os números da sorte.

38
Um nível acima

Fernando e Laís convidaram um casal de amigos do escritório para um churrasco à paulista no fundo do quintal. Pedaços de carne de segunda, linguicinha, vinagrete e pão.

A conversa foi tão agradável que no encontro seguinte resolveram melhorar o cardápio: picanha de angus e káfta de carneiro das Antilhas.

O colega não conseguiu segurar o comentário:

– Estão ficando rico, hein...

Aquilo foi a senha. Trocaram de amigos. Ele, dono do escritório, presidente-fundador de uma associação de criadores de cavalo. Ela, advogada.

O cardápio também mudou. No lugar do churrasco, uma paella valenciana. Tinha ouvido falar que o patrão gostava de frutos do mar.

– Nossa, como vocês são chiques! – notou a doutora Cláudia.

A ficha caiu de novo. Não haviam dado conta que eram chiques. Foi necessário alguém de fora para alertá-los. Na semana seguinte, foram convidados para ingressar num clube de casais, coisa que Fernando concluiu ser outro sinal.

Discutiram qual dos novos amigos seriam convidados para o jantar intimista que inauguraria a cozinha gourmet.

A escolha recaiu sobre Pedro e Vera, empresários, que já conheciam toda a Europa e citavam endereços chiques de Roma e Paris.

O cardápio, claro, haveria de ser à altura.

– Põe na lista: foie gras não pode faltar – ordenou Laís, no que o marido concordou.

O jantar foi um sucesso, embora Fernando não tivesse gostado muito do sabor da iguaria.

– Vocês merecem o título de melhor casal anfitrião da cidade – reconheceu Pedro.

Dormiram felizes e acordaram convictos de que deveriam aumentar ainda mais o nível social dos próximos convidados.

– A Leninha e o Jardel até que poderiam, mas trariam o filho, que é um pestinha – destacou Lúcia.

Os escolhidos foram Marcelo e Kiara, poliglotas, filhos de boas famílias, que prosperaram rapidamente com uma fintech que se tornou queridinha do mercado.

A noite de queijos foi regada com uma carta de vinhos que incluiu Château Haut safra 2018 e Corton Grand Cru Les Bressandes.

Ontem mesmo Laís e Fernando estavam conversando sobre como poderiam melhorar a qualidade dos convivas. Não descartavam alugar uma casa mais barata e trocar o carro por um modelo seminovo.

39
Hábitos para tempos de crise

Amigo, são chegados os tempos, ou melhor, estão de volta os tempos de inflação. Dos cinquenta itens que pesam no orçamento, metade está nas gôndolas dos supermercados, avisa uma pesquisa que acaba de sair. A situação, segundo uma gaiatice que roda a internet, fez todos saltarem de status rapidamente: estamos frequentando lugares caríssimos, como supermercados, açougues e farmácias – ascensão social que todos dispensam. Boa mesmo é aquela que é condenada por alguns sujeitos que acham uma extravagância filho de pobre fazer faculdade. O jeito é economizar até na hora de tomar banho.

Já cortamos o supérfluo, reduzimos o necessário e agora nos preparamos para sacrificar o básico. Tudo bem que a economia é a ciência da escassez, mas estão levando essa tese muito a sério, para horror de quem gosta de queimar uma carninha no fim de semana. A única proteína que ainda está acessível é o ovo, apesar dos aumentos sucessivos na comida das aves. Variações apetitosas desse coringa da cozinha já entraram na rota dos programas de culinária da TV. Depois da invenção do ovo, o contrafilé caiu de moda, pelo menos aqui em casa.

Novos hábitos são incorporados ao cotidiano. Os brasileiros passam tranquilamente a Semana Santa sem comer carne de vaca, porque já estarão acostumados à dieta vegetariana compulsória, que penitencia qualquer cristão. Nossa carne nunca mais será vermelha? Acho um pouco de exagero, mas que os preços estão travando uma corrida desleal com os salários, isso não ninguém pode negar, inclusive aqueles milhões que nem salário tem, pois vivem na estatística do desemprego e do desalento, um mundo à parte de um país que um dia já caminhou bem.

Com o advento do coronavírus, desandou-se a criticar chineses por comerem gafanhotos e, não sei se é lenda, até morcego. Só acho que um povo que caça javaporco, teiú (aquele lagarto que chamam de tiú), rã, capivara e cobra não tem o direito de botar defeito em hábitos alheios de consumo. Nada contra, mas não cheguei ao extremo da cadeia alimentar e do cardápio, digamos, exótico. Troco tudo isso por uma saladinha de alface, que aliás não precisa de cozimento, porque o bom e velho fogão é o eletrodoméstico que mais reflete o impacto da carestia.

O gás de cozinha bateu à casa dos três dígitos. Pessoa amiga, outro dia, ensinou como cozinhar arroz desligando o fogo e envolvendo a panela num pano de prato. O efeito estufa resultante teria o poder de amolecer o grão e secar a água. Prometo testar em breve. Muitos estão recorrendo à lenha ou a perigosas formas de preparar alimentos que utilizam álcool ou outro líquido inflamável. Se pudesse dar um conselho, diria para ter muito cuidado com possíveis acidentes. Com o botijão mais caro, voltemos a atenção às práticas crudelistas, com vegetais naturais. Afinal, as saladas combinam bem com nosso clima.

Fomos substituindo os produtos mais caros pelos mais em conta, porém até nisso não levamos sorte. Veio a geada e os mais populares também foram reajustados. Uma estiagem também interferiu. A inflação saiu do centro da meta e nos atingiu o centro da testa. Éramos felizes e sabíamos. Aguentamos inúmeros aumentos no preço da energia elétrica, com bandeira tarifária extra plus vermelha. Já olhamos o talão da companhia com a mesma preocupação com que abrimos o envelope do laboratório de análises clínicas.

O uso do carro simboliza outra mudança de hábito no panorama atual. Queimar gasolina à toa nem pensar. Cinquentinha não mexe mais o ponteiro do combustível. Logo a prefeitura vai querer cobrar IPTU do Fuscão, que está mais para imóvel do que para valente bólido que transportou gerações. A estratégia para tirar o automóvel da garagem inclui fazer uma lista dos locais e traçar o trajeto mais curto e sem semáforos, o que é quase impossível. Lonjuras menos desafiadoras agora são vencidas a pé, coisa que o coração e o preparo físico agradecem.

Para completar, sobreveio uma estiagem daquelas caprichadas, de secar a Cantareira, ameaçando o fornecimento de água das nossas casas e ajudando a aumentar o preço da energia. O presidente já pediu para apagarmos uma luz. Sigamos seu conselho, já que não dá para esfregar a lâmpada e pedir ao gênio uma solução mágica. Coisa fácil para quem já estava pulando o portão para economizar o trinco e latindo no quintal para economizar o cachorro.

Como promessa é dívida, vou compartilhar uma estratégia infalível que recebi para economizar na hora do chuveiro: divida o sabonete na metade e use as duas mãos para esfregar o corpo, de uma vez só. Você tomará um banho 50% mais rápido, usando a metade da água e da energia elétrica. O resultado é garantido e, se você tiver boa coordenação motora, dá tempo até de cantar uma música – "Faroeste Caboclo", por razões óbvias, não é aconselhável. E o último a sair não esqueça: apague a luz. Me siga para mais dicas infalíveis.

39
Era eu

Acabo de fazer uma busca na tentativa de encontrar, entre milhões de imagens à disposição no mundo virtual, a gravura que me acompanhou durante os primeiros anos escolares. Vou descrevê-la: uma casinha velha de sítio, com alguns tijolos aparentes à falta de reboco, um riacho ladeado de árvores, um cavalo, algumas galinhas e um menino.

O menino era eu. Nas composições que a professora mandava os alunos escreverem em sala de aula, assumir a identidade daquela figura feliz era uma forma de driblar a realidade. A força da primeira pessoa do singular tinha o condão de me transportar para um universo diferente do meu, de dias tão enfadonhos.

Para que a garotada exercitasse a escrita, a professora pendurava na lousa uma paisagem simples, que ela chamava de gravura, e nos desafiava a redigir um texto. Aquele desenho colorido, sempre o mesmo no avançar das séries, foi inspiração para vários textos. A criançada, com boa memória, reclamava: de novo!

Certamente era a única que o Estado mandara para a escola pública, não havia opção. Aquela ilustração retangular que remetia à diversão já estava gravada em nossas retinas. Mas a professora não era a mesma e nós também não éramos os mesmos. A cada ano íamos enxergando coisas diferentes no cenário e acrescentando detalhes à história.

A imaginação voava à medida que o amadurecer lhe dava asas. As composições infantis ("não esqueçam de deixar um parágrafo de dois dedos", ela recomendava), só agora eu sei, revelava a evolução da nossa prosa, do vocabulário que absorvíamos. Não que isso queira dizer que os textos eram comparados para tal avaliação.

Por meio de uma simples redação, pela forma e pelo conteúdo, a mestra captava o essencial de seus pupilos: nossos medos, anseios, virtudes, pontos fracos e fortes, a sincronia com o tempo em que vivíamos ou deveríamos viver, o empenho ou a apatia diante do aprendizado. Estava tudo lá, às vezes escondido nas entrelinhas.

Para fazer uma descrição criativa, lembro que olhava fixamente para a figura e me imaginava passando um fim de semana na fazenda. Ainda não se falava em Second Life ou metaverso, plataformas virtuais que permitem, a adultos e crianças, criar uma vida paralela. A lousa – assim com os livros – era o mais avançado instrumento tecnoanalógico de que a escola dispunha para ensinar. Funcionava até quando faltava energia elétrica.

Nas minhas imersões por aquela imagem de contornos simples e cores primárias, pude mergulhar em rios profundos, em que nadava e pegava peixes com as mãos. Galopar céleres cavalos que alcançavam a velocidade da luz. Me embrenhar em matas repletas de animais silvestres. Alimentar porcos e galinhas. Tirar leite da vaca. Fazer tudo isso, até ser interrompido pela voz da avó chamando para comer o pão quente que ela acabara de tirar do forno de barro.

O fim de semana imaginário tinha a perfeição sonegada pela vida real, e a redação sempre terminava com a promessa de que no próximo estaria de volta para repetir a dose. Mas que a sorte a minha ignorar que as aventuras criadas pela mente não conheciam limites nem respeitavam fronteiras. A inocência não nos permitia saber que, naquelas viagens matinais, o que fazíamos já era literatura, a arte que nasce da inquietude. Uma pena não ter encontrado a mesma gravura na vastidão da internet – ela existirá, apenas e para sempre, na cabeça do menino.

40
Vexame na estreia

Qual a combinação mais inusitada – na verdade, estranha – que você já fez no prato? Que eu me lembre, a minha deve ter sido banana frita e nhoque. Isso foi proposital. Mas teve uma coisa que não foi. A primeira vez que pisei em um restaurante, na companhia do meu irmão Marcos, protagonizei uma cena inesquecível de tão vexatória. O estabelecimento ficava na praça mais antiga da cidade, um lindo sobrado da metade do século 20 com um salão de festas no térreo.

Para começar, nunca tinha visto tanta comida junto. Deslumbrado com a variedade, montei um prato cujas calorias certamente me manteriam farto por uns três dias.

Já estava me dirigindo para a mesa onde ficaria vergonhosamente empanturrado quando, de soslaio, vi algo que me chamou a atenção. Dei meia volta, peguei uma concha, enchi-a com vontade e soltei uma generosa porção do belo creme verde-claro em cima do Everest de comida atrás do qual eu podia me esconder.

E fui me sentar à mesa, já comendo com os olhos. Antes que desse a primeira garfada, percebi um esgar no rosto do garçom de bigode ralo que parecia ter saído de um filme francês. Na primeira porção levada à boca tive a sensação de que alguma coisa estava estranha. Na segunda, tive certeza. Meu irmão já não conseguia esconder o riso.

Eu acabara de ensopar meu prato com a sobremesa especialmente elaborada por dona Nadir, mulher do seu Aniz, dono do restaurante. Era creme de abacate. Não me lembro direito, mas acho que pensei tratar-se de uma preparação com algum legume verde, como aspargo ou ervilha.

Fui traído pela gulodice, a falta de modos e de experiência em ambientes de refeições coletivas. Talvez rindo por dentro e com dó do freguês trapalhão, o garçom perguntou se eu queria trocar o prato. Resoluto e envergonhado, respondi:

– Não, senhor. Obrigado. Está uma delícia!

Tenho certeza que o homem pensou: das duas uma, ou esse moleque é bobo ou tem hábitos alimentares muito estranhos.

Comi tudo. Mas a minha estreia em restaurante me deixou sequelas, quase um trauma, que marcaram minhas preferências gastronômicas para sempre. Passo longe de cremes verdes.

41
Como era frondosa a minha árvore

Terça-feira passada foi o Dia da Árvore e você certamente se recordou disso. Não apenas lembrou, mas comemorou, dando água e fazendo um carinho na sua árvore de estimação. Talvez as pessoas mais novas ainda não tenham uma para chamar de sua, mas certamente um dia vão ter. Não há coisa mais gostosa, na natureza, do que plantar uma sementinha ou uma muda e vê-la crescer, ganhar corpo e lançar sua sombra, folhas, galhos e às vezes frutos.

Todos já devem ter ouvido falar que a vida só fica completa quando se tem um filho, se escreve um livro e se planta uma árvore. É um exagero, pois nem todo mundo se dispõe a procriar ou a lançar uma obra. Sou pai de uma menina linda e inteligente, que ama animais (só por isso já dá para saber que é gente boa), e plantei uma árvore – apesar disso, não julgo por concluído o meu papel por aqui. Ainda falta o livro.

Lembro como se fosse hoje quando encontrei a semente e a enterrei próxima ao muro que dava para a Rua da Liberdade. Em pouco tempo, ela ficou grande, gigante para os padrões infantis. Era um prazer contar para todo mundo que a árvore era minha. Tão minha que enroscava uma ducha em uma de suas forquilhas, engatava a mangueira e tomava banho frio na calçada. As pessoas paravam para ver o mistério da árvore que jorrava água.

Mas chegou o dia da separação. A casa era alugada. Foram uns oito anos morando nela. Como mudamos para perto, sempre passava em frente para vê-la. Mas um dia foi de cortar o coração: ela estava na calçada, aos pedaços, ainda verde, mas morta. Uma grande tristeza. Como alguém pôde fazer isso com a minha árvore, um ser vivo que só alegria e frescor trazia à velha casa?!

A educação ambiental passa pela parte prática. Se quiser que uma criança tenha mais chance de se tornar um adulto que respeita a natureza, leve-a para plantar para árvore em algum lugar em que ela possa acompanhar seu desenvolvimento. Algumas entidades mantêm um programa que prevê o plantio de uma muda a cada criança que nasce, o que é ótimo para o reflorestamento. Mas se ela puder estar junto e consciente do que está acontecendo, melhor ainda.

Numa entrevista de 2015, Benedito Abbud, um dos mais famosos arquitetos-paisagistas do Brasil, falou – com um misto de indignação e tristeza – sobre a falta de árvores em sua terra natal: "Taquaritinga é uma cidade quente, onde a arborização seria fundamental para melhorar a qualidade ambiental e de vida das pessoas. A arborização melhoraria a umidade relativa do ar, reduzindo poeira e amplitude térmica, traria importante sombreamento, escala humana, harmonia na paisagem e principalmente beleza. Beleza é fundamental, pois gera dignidade e o sentimento de cidadania ao povo. As ruas poderiam ser arborizadas com floríferas nativas. Árvores de flores com cores diversas e impactantes, como as quaresmeiras, cássias e ipês. Mas parece que o taquaritinguense não gosta dos tapetes coloridos que se formam com a caída das flores. Talvez entenda isso como sujeira. É uma pena!"

Sim, muita gente considera as folhas como sujeira. Mas graças a Deus a maioria se deslumbra com as flores dos ipês que se alternam em cores vibrantes na cena urbana, sabe que as árvores são repositoras dos lençóis freáticos e suas copas, ninho e habitat das aves, purificadoras do ar e reguladoras da temperatura. São, em resumo, agentes indutores da vida. Quero ainda estar por aqui quando a arborização for encarada como política pública, e arrancar uma árvore sadia for motivo de indignação de todos, inclusive daqueles aos quais cabe tomar medidas para evitar esse tipo de crime.

42
A revolução dos bichos

A evolução dos tempos traz alguns dissabores, necessidades que a modernidade introduziu e descobrimos depois que não eram tão necessárias assim. Mas no geral o avançar da sociedade é positivo, pois vai resolvendo questões delicadas, principalmente com a ajuda da ciência – não somente aquela ciência praticada in vitro, mas a vivida no grande laboratório a céu aberto que chamamos de mundo. As ciências humanas têm colaborado para, por exemplo, refinar a nossa relação com os animais.

Se você notou nunca mais ter visto aquela cena típica do cachorro correndo atrás do carro ou à espera do motoqueiro para lhe morder a perna, tenha certeza de que está aí também um sintoma do progresso. O cão deixou de perseguir o pneu porque ele agora anda dentro do automóvel, tal como a criança em sua cadeirinha de segurança. E vai imponente com sua carinha peluda para fora da janela, tomando um vento na fuça e ganhando elogios dos humanos. Não chegarão a tirar a carteira de motorista porque não precisam, pois somos seus choferes de luxo. A única carteira que possuem é a de vacinação, certamente mais completa que a minha.

Onde você leu cachorro, pode ler gato também, que é a mesma coisa. Ou coelho. Veja que fofa a história de “Blu”.

Um juiz de Minas Gerais acaba de mandar uma companhia aérea deixar o coelhinho embarcar com sua tutora. Para a Justiça, o companheirinho da advogada Ana Luisa é um "suporte emocional" dela, "notadamente nos momentos em que esta passou pelo tratamento do câncer". Até então, para a aviação civil, animal de estimação latia ou miava. A decisão do magistrado abre um ótimo precedente, que certamente não valerá para elefantes e hipopótamos.

As transformações na vida animal podem ser creditadas, em grande medida, às ONGs que se ocupam de socorrer os abandonados, os sem-teto e os sem-ração. E depois tentam encontrar um tutor – atenção, assim como gente, animal não têm dono – que o trate com dignidade. As redes sociais estão repletas de fotografias de filhotes e outros nem tanto, prontos para a adoção responsável. Eles estão por toda parte, inclusive nos livros.

Os animais sempre tiveram lugar na literatura porque são como membros da família. Quem não se lembra da cachorra Baleia, personagem importante de Vidas Secas sem falar, obviamente, uma palavra? Nem precisava. O magnífico Graciliano Ramos construiu tão bem seu perfil psicológico que um olhar da bichinha é mais que um diálogo. Baleia toca o mistério insondável da nossa alma. Quem ainda não leu, corra já para a biblioteca porque é crime inafiançável morrer sem mergulhar nesse superclássico.

No livro "Ela é carioca", Ruy Castro conta a história de "Barbado", um cachorro com vida autônoma. Bebia chope no prato no Bar Jangadeiro e tomava ônibus para se movimentar entre dois bairros (era íntimo dos motoristas). Foi mascote da Banda de Ipanema e fez parte do elenco de uma peça teatral, na qual acabou mais elogiado que o resto do elenco. Era popular até na imprensa. Até o dia em que, em 1970, resolveu deixar a vida de famoso para trás.

Taquaritinga teve o seu "Barbado". "Oretcha" era um cachorro esquisito: comprido, baixinho e de enormes orelhas que inspiraram seu nome. Compensava a feiura com seu carisma. De temperamento dócil e brincalhão, pulava de alegria quando ganhava um petisco das crianças, que ia encontrar na saída da escola que ficava na principal praça da cidade.

O animalzinho nômade viveu por aqui nos anos 1960 e batia ponto no Bar e Restaurante Ki-Lanches e na Petisqueira Rivo, nas proximidades do Cine São Pedro. "Oretcha" era o xodó dos frequentadores do centro da cidade e se valia disso para encher a barriga. O cãozinho de pernas curtas aprendeu tão bem a saltar que um dia abocanhou a coxinha que Angelim Barbeiro acabara de comprar na Ki-Lanches e sequer dera a primeira mordida.

Outra história das antigas é a do cachorro "Banzé". Estavam os amigos bebendo no bar do Luiz Carletto, nos altos da Rua Prudente de Morais, quando o Ariovaldo Juliani voltou-se para o protético e mais tarde cronista e técnico de futebol Antônio Ubyrajara Pires, o Tonéca, e disse com ar de seriedade:

– Tonéca, você não presta!

Segundo Rosalbino Pagliuso, o Binão, o habilidoso fabricante de próteses dentárias quis saber o motivo da provocação e ouviu a resposta:

– Você faz dentes postiços para a cidade inteira, mas não tem dó do "Banzé". Olhe para esse coitado, tão velhinho, não tem mais um dente na boca!

Não demorou muitos dias para Tonéca voltar com um par de dentaduras caninas sob medida para o animalzinho. Essa foi a parte mais fácil. Difícil foi convencê-lo a usar.

No tempo em que as leis ambientais não existiam, Zita Mendonça ganhou de presente uma jaguatirica. Trouxe o filhote de São Paulo, de carro. Catita (uma homenagem ao CAT, o time da cidade) foi criada como um cão e adorava passear de coleira. Faltou pouco para aprender a latir. Um belo dia, ela escapou. Após intensa procura, foi dado o alerta: o felino de estimação entrara na maternidade! Pânico total entre mães e enfermeiras. Ainda bem que Catita era mansinha e de seu cardápio não constavam recém-nascidos.

Agora o papo é sério. A Doutrina Espírita contempla os animais desde o século XIX. Allan Kardec ensinou que eles são nossos irmãos menores, que merecem amor, respeito e assistência. Quando empregados em trabalho, não são nossos escravos, pois têm sentimentos iguais aos nossos: alegria, tristeza, euforia, cansaço... Na pergunta 593 de "O Livro dos Espíritos", Kardec pergunta se os animais só agem por instinto. Resposta: "Ainda nisso há um sistema. É bem verdade que o instinto domina na maioria dos animais; mas não vês que há os que agem por uma vontade determinada? E que têm inteligência, mas ela é limitada".

Que me perdoe George Orwell pelo título emprestado de seu célebre best seller de 1945. Mas a expressão Revolução dos Bichos cabe perfeitamente ao que assistimos nos tempos que correm. E agora não se trata de uma fábula a satirizar o totalitarismo. A parada é real e marca a nova visão que a sociedade tem dos amiguinhos de quatro patas.

43
Sobre jornais, passarinhos e peixes

Quando ganhava a vida fazendo jornal, era muito comum ouvir das pessoas que elas ficavam esperando, ansiosas, por seu exemplar. Dava uma alegria saber que os leitores gostavam, mencionavam as reportagens e que até ficavam bravos quando a entrega atrasava ou o entregador errava a casa, o que é muito comum acontecer em razão alta rotatividade desses bravos profissionais. Ler uma publicação se torna um hábito, mas para isso o leitor tem de se acostumar com o tipo de pensamento de quem a produz. No caso de jornais e revistas, é o que se chama de linha editorial. O jornalismo não se divide em informação e opinião, mas se compõe desses dois elementos, porque até mesmo uma simples notícia pode ser redigida de várias maneiras. A objetividade completa, meu caro e minha cara, não existe.

Desde o tempo do nosso conterrâneo Narciso Nuevo, grande poeta e jornalista, colocar um diário ou um semanário em circulação é tarefa das mais árduas. Narciso morreu moço, em 1930, mas a tempo de apontar as dificuldades enfrentadas numa redação interiorana. Se hoje, com toda a tecnologia, elas persistem, imagine quando tudo era feito manualmente, inclusive a impressão. O computador facilitou bastante, mas a "maquininha" que fica na frente dele é a mesma.

Tudo caminhava sem muitas mudanças quando, em meados dos anos 1990, surge a internet. Foi uma revolução, embora a conexão discada fosse um teste de paciência, deixando muitos à beira de um ataque de nervos. Até "carregar" um site (formar a imagem completa na tela), você podia ir a cozinhar beber água e brincar um pouco com o cachorro. Mas não demorou para até os pequenos jornais criarem suas homepages, ampliando o número de leitores e estabelecendo uma nova forma de se relacionar com eles.

Mudanças profundas estavam em gestação e a gente fazia de conta que não percebia. Na última década, os editores foram sentindo que o custo para manter o jornal somente no formato digital é infinitamente menor que o de levá-lo para o papel. A impressão sempre foi o calcanhar de Aquiles: ou se tinha uma máquina caríssima ou se terceirizava. Além dos motivos financeiros, a rapidez para "subir" um texto para o portal e exibi-lo instantaneamente a milhares de pessoas ajudou a decretar a falência do papel e das tintas. Não vi pesquisa ainda, mas é bem provável que metade dos periódicos deixou de circular fisicamente.

Grande parte deles passou a existir somente na internet, algo que há alguns anos era improvável. Com isso, conseguem concorrer com o rádio, a TV e os sites de notícias que já nasceram no novo ambiente. O que fazíamos – apurar, escrever, editar, checar, diagramar, copidescar, imprimir e levar à casa do leitor! – já parece coisa do tempo das cavernas. Ironicamente, a internet acabou com a entrega de jornais, mas aumentou a de milhares de itens do comércio eletrônico.

O formato virtual permitiu aos semanários atualizar suas páginas várias vezes ao dia, sem ter de esperar o fim de semana para circular, veja só, até com notícia vencida. Aliás, a expressão notícia velha foi redefinida. Com a velocidade do nosso tempo, que segue o ritmo das time lines das redes sociais, uma informação parece caducar em menos de 24 horas. A imprensa entrou numa fase autofágica: a manchete dos grandes jornais matinais pode ser lida em seu site na noite anterior.

Tudo o que tenho e o que sou devo ao jornal impresso. Adorava, mesmo sabendo que todo o trabalho empenhado acabaria, no dia seguinte, forrando gaiolas de pássaros ou embrulhando peixes. As novas gerações estão completamente integradas à nova maneira de ler, mas isso ainda não vale para todos. Os mais velhos se ressentem pela falta do impresso, que realmente era muito melhor em alguns aspectos. A exposição às telinhas com seus fachos de luz a dois palmos de distância prejudica a visão, realidade que em breve vai pôr em extinção os seres humanos que não necessitam de óculos. Bebês de colo já manipulam tablets, e o smartphone é um presente de toda criança menor de dez anos.

São os impositivos da modernidade. Não dá para saber se o papel será inteiramente substituído pela tela de led, fenômeno que não ocorreu com os livros, embora os e-books tenham encontrado seu espaço. Qualquer prognóstico pode ser, ele mesmo, superado em questão de dias. Mas me arrisco: a holografia é uma tecnologia que pode revolucionar ainda mais a forma como interagimos com a imprensa. Já pensou você se sentir caminhando pelas ruas de Dubai ao ler ou assistir a uma reportagem? Seria o máximo.

44
A arte de fazer e vender

Não importa o que a pessoa tenha para fazer comércio, sempre haverá alguém disposto a comprar. Essa é uma regra que prevalece quando se decide ganhar a vida com a nobre arte de vender. Não vá pensando que é para qualquer um, o que não invalida a possibilidade de se treinar para a profissão. E o treinamento bom é na prática mesmo, oferecendo e recebendo um sim no meio de dez nãos. Como em quase tudo, o coach é dispensável, porque não há espaço para atravessadores no meio dos boletos.

Nessa pandemia, que ao que tudo indica está a caminho do fim, muita gente que ficou desempregada teve de se virar para garantir o sustento, próprio e da família. A venda direta, em geral, foi a saída encontrada para enfrentar o mau momento, que ainda não foi totalmente superado, diga-se, porque a economia ainda dá sinais de fraqueza. Forte mesmo está o dragão da inflação, que galopa velozmente e com uma voracidade não vista neste século, deixando os salários comendo poeira.

O IBGE informa que, em 2021, o trabalho por conta própria atingiu um recorde: 24 milhões declararam que estão levando uma vida sem patrão. Dos quase 90 milhões que desempenham algum tipo de ocupação, 28,2% trabalham por conta própria. É gente pra dedéu. Põe nessa conta aí os desalentados, que são aqueles que desistiram de procurar vaga com carteira assinada. Mas a vida sem patrão também pode ser sem contribuição ao INSS, o que terá reflexos lá na frente, na hora de se aposentar. É bom que se atente para esse detalhe.

A cozinha da casa virou, para milhões, a linha de produção de alguma guloseima destinada à clientela, esse ser intangível e sempre exigente. O Facebook, o Instagram e o WhatsApp acabaram promovidos de passatempo a ferramentas de marketing para exibir e ofertar os produtos caseiros. O legal é que, na frente dessa grande vitrine virtual, existe consumidor para tudo e para todos. Tenho apreciado comidas muito apetitosas, de comer com os olhos, e deve ser esse o diferencial entre o sucesso nas vendas e o encalhe da mercadoria. Um bolo, um pudim, um pão, uma marmita, um hambúrguer gourmet com boa apresentação sempre terão preferência e ganharão mais curtidas e comentários, resultando em maior visibilidade. Beleza se põe à mesa, pelo menos nas redes sociais. Mas qualidade é essencial para fidelizar.

Tem uma turma que se aprimorou, forçada pelas circunstâncias a participar de todos os processos – da descoberta da receita à fotografia do prato pronto, passando é claro pela etapa da mão na massa. É de fazer inveja aos vendedores profissionais, que um dia já foram chamados de caixeiros viajantes, depois apenas de viajantes e agora, mais modernamente, de representantes comerciais. Se a necessidade faz o sapo saltar, não é demais lembrar que os pequenos empreendimentos nascem quase sempre em um tempo de vacas magras.

É preciso deixar claro que trabalhar em casa não foi algo que surgiu nestes tempos bicudos do coronavírus nem tampouco é fruto de falta de alternativa, mas resultado de criatividade e habilidade, além de disciplina e organização. Essa gente empreendedora também se valeu do crescimento na procura por produtos artesanais, feitos sob encomenda, que dão um ar de exclusividade. Vem daí meu recente acúmulo energético, em forma de gordura visceral, pois também não resisto a um post generosamente recheado e coberto com chantili.

Sei de gente que não vê a hora de voltar a ter registro em carteira, porque um negócio caseiro, informal ou chancelado como MEI (Micro Empreendedor Individual), exige dedicação em tempo integral. Mas também conheço quem se descobriu na pandemia, ao ver emergir um talento que dormia na alma e, quando acordou, foi parar no estômago de alguém com menos dotes culinários ou sem disposição e tempo para encostar o umbigo no fogão.

Mas já que estamos falando em temperatura, lá vem a frieza dos números com o seu costumeiro balde de água fria. As estatísticas têm a péssima mania de expor a realidade nua e crua quando traçam o retrato da sobrevivência dos negócios no mercado. Nem todas as empresas domésticas, paridas à fórceps em meio a pandemia, brilharão como casos de sucesso ou embriões de um conglomerado de coxinhas ou balas de coco. Mas certamente serão lembradas como marco de um tempo de superação, em que cada um se virou como pôde. Àquelas iniciativas que se firmarem na preferência da distinta freguesia já deixo os meus parabéns.

45
Fábulas sob ataque

As mais famosas fábulas infantis estavam reunidas num livro, editado sob avançada tecnologia de realidade virtual. Mas, como tudo agora está à mercê de criminosos digitais, percebi que meu exemplar arquivado no computador estava sob ataque de um vírus mutante, que prontamente foi acusado pelo sistema de rastreio de programas maliciosos.

O resultado não poderia ser literariamente pior: títulos trocados, capítulos completamente alterados e invasão de personagens em história alheia dessacralizaram seculares best sellers. Cliquei no botão de folhear e percebi algo errado com o pequeno burattino de Carlo Collodi. Pinocchio tentava dar uma maçã à Branca de Neve, que estava com uma cara esquisita, longe daquela delicadamente desenhada nos estúdios de Walt Disney. Tudo bem que o boneco de Gepeto era um retrato do maniqueísmo, a garantir que suas peraltices o transformassem em vítima indefesa nos momentos de apuro, mas aquilo era demais.

Virei a página e vi. Vi João subindo até o castelo do Gigante pelas tranças de Rapunzel, que não paravam de crescer. Minha cabeça não assimilou de imediato que, no lugar das extensas madeixas, o certo seria um quilométrico pé de feijão, cujas sementes João trocara pela vaca da família. Lá em cima, a adolescente de longos cabelos pedia ajuda para libertar a galinha dos ovos de ouro, ao mesmo tempo em que tentava, em vão, fazer um coque. Comecei a ficar atordoado.

Fui involuntariamente levado para outra história, em que o Lobo Mau perseguia Joãozinho e Maria. (A essa altura dos acontecimentos, onde estaria Chapeuzinho Vermelho? – me perguntei em voz alta.) Os irmãozinhos abandonados na floresta procuravam a casa de chocolate para se esconder, mas não encontraram nada na página 35 (o lobo havia soprado tão forte que até as palavras estavam fora de ordem. Não faziam sentido, mais ou menos como um discurso político). Os personagens conseguiram pular para outro conto e colocar o ponto final, isolando o animal feroz.

Caíram na história de Cinderela e ficaram à espreita, observando de longe. A mocinha estava com o rosto cheio de espinhas (nesse momento descobri quem havia comido a casa de chocolate). A madrasta e as duas irmãs não estavam em casa, mas haviam contratado o Gigante para vigiá-la enquanto se divertiam no baile. A Fada Madrinha foi barrada na porta do salão e não conseguiu lançar mão de um passe de mágica, já que esquecera sua varinha de condão no livro do Pequeno Príncipe, certamente já infectado. Teve de convencer a guarda oficial jogando um charminho, pois já era quase meia-noite.

A Fada, que era mesmo um encanto, conseguiu o contato dos Sete Anões, que providenciaram roupas novas para a pobre donzela. Mas em vez do sapatinho de cristal, trouxeram-lhe as surradas botinas do Gato de Botas, que queria a todo custo dar umas miadas por aí com a Gata

Borralheira. A mocinha ligou a TV e foi atraída imediatamente para o País das Maravilhas, onde os Três Porquinhos procuravam o Mágico de Oz, em busca do caminho de volta. Atordoado, reli a frase, quando percebi que, no lugar do Homem de Lata, era o Robocop quem procurava um coração.

Enquanto isso, Alice começava um relacionamento mais íntimo (beijo na boca em público, um escândalo na época) com quem pensava ser o Príncipe Encantado da Branca de Neve, que estava mais acordada do que nunca. Ela se recusara a comer a maçã afirmando que a fruta já tinha dado um problemão a Adão e Eva e complicado a vida da posteridade inteira – êpa, isso está em Gênesis, pensei alto. Será? O safado era, na verdade, o Príncipe que já fora sapo e agora tinha fixação por pererecas. Estava no baile e deveria desposar Cinderela, após encontrar o sapatinho de cristal, mas foi reprogramado pelo invasor.

Embriagado, o Príncipe saíra na noite do baile com a irmã feia de sua pretendente na história certa – e agora, arrependido e de ressaca alcoólica e moral, tentava se justificar aos amigos alegando bebedeira. Ato contínuo, a Gata Borralheira saiu do País das Maravilhas e caiu no guarda-roupas que lhe transportaria até Nárnia. Mas não. Dentro dele deveria estar amarrada a avó de Chapeuzinho Vermelho. Pela fresta da porta do armário, flagrei a vovozinha no maior dos amassos com o velho Gepeto – na cabeceira da cama, uma caixinha de comprimidos para virilidade masculina dava mais realidade à cena. Uma mistura nonsense de Nelson Rodrigues com realismo fantástico.

No quintal, a netinha (que já estava sem o chapéu vermelho e outras peças mais) pedia para Pinocchio:

– Conta mais mentira, conta!

– Não adianta, é só o nariz que cresce –, respondia o boneco.

Assustado, fechei rapidamente o livro e resolvi colocá-lo numa espécie de isolamento, enquanto atualizava o antivírus. Era tarde: o maldito malware já infectara os 32 volumes da minha Enciclopédia Britânica digital.

46
O exato instante

Numa gradação de coisas ruins, nada supera ficar doente. Todo o resto a gente tira de letra. Falando em boa hora, nunca tive um problema sério de saúde, tirando a asma que me acompanha desde a meninice. Mas essa eu já aprendi a dominar, graças ao tratamento e aos avanços da medicina preventiva, que me garantiram nunca mais perder uma noite de sono, com uma falta de ar desgraçada.

Em matéria de preocupação, tive dengue duas vezes. A primeira vez em 2010 e a segunda, em 2018. A primeira foi de lascar, vi a viola em caco. A outra, mais leve, durou o fim de semana do meu aniversário, quando tive de cancelar a comemoração – também seria a última celebração do meu pai, que não chegaria ao próximo 13 de maio.

Se adoecer traz a pior das sensações, para mim, o restabelecimento da saúde está no outro extremo – é o suprassumo da felicidade. Vejamos uma gripe, por exemplo, daquelas com o combo completo – febre, dor de garganta e de cabeça.

Acabo de sair de uma dessas. Foram dez dias de sintomas, às vezes alternados. Os testes para Covid deram negativo. Numa manhã de domingo, ainda antes de o sol nascer, a dor de cabeça insistente me fez recorrer a um comprimido. Voltei a dormir.

Quando acordei com o sol que entrava pela janela esquentando os meus pés, um céu limpo e azul parecia refletir o estado geral do paciente. Pela primeira vez em dez dias nada mais me incomodava. Me apalpei para ver se estava vivo e levantei para ter certeza.

Estava, enfim, pleno de saúde novamente. Com energia sobrando, apetite de leão, todos os sentidos a mil, querendo vida, desejoso de sair por aí para respirar ar puro e recuperar o tempo perdido. Saí para caminhar, numa espécie de agradecimento.

O exato instante em que se passa da convalescença à plenitude representa o ponto culminante da alegria. É difícil descrever, até faltam palavras. O interessante é que tive exatamente as mesmas sensações ao fim dos dois períodos dengosos. Como pode um mosquitinho fazer tanto estrago?

Fico a imaginar como deve ser libertador para uma pessoa ouvir do médico a frase "parabéns, você está curado do câncer". Ou "o transplante de coração foi um sucesso. Vida normal agora". Ou então: "A medula pegou!" Certamente é um clímax, um êxtase, uma virada de jogo, uma carga de mil quilos tirada dos ombros.

Uma enfermidade vencida é uma grande oportunidade de comemorar a vida e agradecer a Deus pela saúde. Uma pedra no caminho que conseguimos chutar para o lado tem o propósito de nos lembrar que devemos cuidar do corpo e da mente, tanto quanto possível.

Um abuso aqui, um desleixo ali podem suscitar uma fragilidade que não daria as caras se fôssemos mais cuidadosos. Desde o ano passado, faço parte da turma que monitora os índices. Tirei nota máxima no teste cardíaco, correndo na esteira, de máscara. Embora tenha nascido comigo, meu coração é de uma pessoa de 20 anos, disse o médico. Bom começo.

O doutor perguntou se eu me exercitava, pois meu coração é de atleta. Respondi a plenos pulmões e com um pouco de orgulho: faço academia, o plano de saúde mais barato e a longo prazo que podemos ter. Sigo o conselho do jornalista e escritor Pedro Bial na famosa crônica, dou especial atenção aos joelhos para não sentir falta deles. E, claro, uso filtro solar e tomo vacina – todas as que posso.

Mas mesmo assim sabemos que de vez em quando a máquina dá uma emperrada e é preciso apelar para as caras poções mágicas da indústria farmacêutica. Mas enquanto forem intercorrências corriqueiras, ainda estamos no lucro. Que permaneça assim até quando Deus quiser.

47
A bebida dos deuses

Por apreciar vinhos, sempre tive vontade de entender de vinhos. Mas até outro dia mesmo tinha certeza de que enólogo era o especialista em sal de fruta. Foi um bom começo saber que "eno", do latim "oino", significa vinho. E "logos", claro, todo mundo sabe que "logos" vem do grego e remete a estudo. Assim, juntando termos de uma língua morta e uma do idioma dos filósofos imortais, que enólogo certamente é uma profissão chique e que exige, além de profundo conhecimento e alguma sofisticação, o completo domínio do vocabulário.

O segredo só pode estar nessas duas variáveis, como ocorre nas demais ciências. Portanto, acessível a qualquer um que se aventure a mergulhar no incrível mundo dessa bebida nobre. Comecei comprando um livro e arquivando textos e mais textos numa pasta do computador. Da leitura, cujo prazer era invariavelmente potencializado por uma taça de um Cabernet Sauvignon seco, descortinou-se um aluvião de informações deliciosas.

Foi uma incursão e tanto, por países e regiões produtoras, tipos de uva, cepas, modos de cultivo, safras, marcas, mercados, fermentação, acidez, conservação, envelhecimento, rolhas, grau etílico, temperatura, simbologias, enfim, temas e conhecimentos acumulados desde que o vinho desceu dos céus para alimentar a humanidade – alimentar e extasiar. Aprendi que um vinho e a companhia ideal transportam o ser humano para uma atmosfera etérea, um lugar místico, sob as bênçãos do deus Baco.

Mas, como ensina o professor Carlos Queiroz Telles no "Manual do Cara-de-Pau", saber falar é tão importante quanto saber. Já me peguei pensando como seria estar numa mesa e impressionar os amigos com frases do tipo: "As nuances florais desse Merlot safra 2019 são insuperáveis"; "os taninos maduros deixam esse Malbec ainda mais aveludado"; "o que me agrada no Sauvignon Blanc são as notas suaves das uvas de Bordeaux, que conferem uma refrescância característica desse terroir único".

Bonito, não? Agora imagine dizer isso dando aquela rodadinha na taça e aproximando-a do nariz. Porque o gestual – na verdade, ritual – é parte importante. O entendido de vinhos passa direto para o seleto grupo das pessoas refinadas, que certamente sabem escolher e manusear talheres, mas desde que não terminem a noite vomitando no tapete da sala. O bom apreciador de vinhos sempre sabe a hora de parar.

Mas, nesse caso, o paladar é o limite da dissimulação. Comprometer a qualidade do jantar com engodos semânticos, flagrados por papilas gustativas mais apuradas, não faz bem para a amizade. Conhecer a combinação certa pode garantir mais prazer à mesa, o que vai muito além do que se serve aos comensais.

Por isso a harmonização é um capítulo indispensável a qualquer principiante. Exige aplicação nos estudos, porque dela depende o equilíbrio entre o vinho e o prato, o que pode ser uma decisão um tanto subjetiva. Além de técnica, é preciso sensibilidade para escolher o rótulo certo para acompanhar a grande variedade de carnes, massas e legumes que podem constar de quaisquer menus.

A chance de errar é tão grande quanto o número de possibilidades à disposição no mercado ou nas cartas dos restaurantes. Como regra geral, pratos mais complexos chamam vinhos mais complexos e vice-versa. O que dificulta pôr em prática esse axioma é identificar a complexidade da bebida, classificação em que geralmente se enquadram os vinhos amadeirados.

Romantizadas ou não, as histórias por trás dos vinhos constituem outro delicioso aspecto aos iniciados nesse universo de sabores, texturas e aromas. Cada garrafa carrega um pouco da história dos nossos antepassados que nasceram em terras distantes. Nessa perspectiva, abrir um vinho assume a dimensão de homenagem. Viu? Já temos até o motivo para o brinde. Saúde!

48
É hora de recuperar o tempo perdido

O IBGE divulgou essa semana as estatísticas dos cartórios em 2020. Como era de se esperar, nascimentos e casamentos caíram bastante, como resultado da pandemia. O adiamento das uniões formais fez disparar o número de celebrações agora, que os números da doença caíram. Podia ser maior. Só não é porque muitos, aproveitando a protelação, desistiram das alianças, reiterando a tese segundo a qual "quem pensa não casa".

A imprensa, sempre xereta, vai atrás de casos concretos para humanizar um pouco a frieza dos números. Um ex-noivo disse que foi salvo pelo gongo. Deu para ver nos olhos do rapaz que, no momento, ele está se preparando para um cruzeiro de nudismo ou algo parecido. A máscara certamente escondia um sorriso de quem escapou de um campo de trabalhos forçados, antes de ter entrado.

As mulheres também se beneficiaram. Uma administradora que estava com um pé no altar diz que o adiamento "esfriou a relação":

– Deu tempo de perceber que eu ia entrar numa fria – disse ela, que não perdeu tempo. Com o dinheiro resultante dos distratos, a moça organizou um convescote que chamou de "Festa do Livramento", reunindo familiares, amigos e os quase padrinhos.

Pelo jeito, a dona da festa não ficou ressentida com a interrupção do sonho, principalmente porque entendeu, por vias tortas, que teria, não um marido, mas um fardo a carregar. Ela pagara todas as despesas do casamento e o rapaz só teria o trabalho de dizer sim e assinar os papéis. Mesmo assim, foi o ex-noivo que correu da raia.

Se tem gente que deve a continuidade da solteirice ao fechamento dos templos religiosos, e agradece por isso, outras pessoas ficaram desapontadas. Conheço uma noiva que falou grosso com o pastor ao ser informada de que a cerimônia seria adiada a perder de vista. Como assim, estava tudo programado?! Motivo de força maior, ora essa. Um ano depois, ela já mudou de status, na alegria e na tristeza, na saúde ou na doença, até que a morte ou a rotina os separe.

O fenômeno que pegou a humanidade de surpresa complicou a vida dos profissionais que vivem dos casamentos alheios. De músicos e fotógrafos a buffets e cabeleireiros, uma gama de gente que de uma hora para outra viu paralisado seu ganha pão quase entrou em parafuso. Passado o turbilhão, agora já enfrentam dificuldade para encontrar espaço nas agendas.

Ao mesmo tempo em que cresceu a demanda por serviços matrimoniais, também aumentou a oferta de pessoas avulsas no mercado, à procura de um par romântico. Ou seja, pode ser a vez dos feios. Se você não é daqueles privilegiados pela beleza, a hora de se arranjar é agora. De um jeito ou de outro, os encontros começaram a acontecer novamente. O que era virtual volta a ser real.

E sem essa de novo normal. O que o povo gosta mesmo é do velho anormal, de preferência sem máscara, que é para ver o rosto inteiro da pessoa. As agências de viagem lucrarão com cruzeiros para solteiros. Nos vasos comunicantes do capitalismo, a indústria do entretenimento desemboca na indústria do casamento. Com os eventos liberados, as academias de ginástica voltando a receber alunos, ninguém está ligando muito para padrões estéticos. O importante é a oportunidade do reencontro, a barriga e a bunda caída a gente vê depois.

De uma maneira ou de outra, a sensação do momento é a de recuperar o tempo perdido. Mas nem tudo está às mil maravilhas. Há entraves financeiros no caminho, mas o brasileiro dá sempre um jeito, mesmo que tenha de se endividar. A certeza que temos é que a uma coisa que não parou na pandemia foram os preços. Estão apostando corrida com os ponteiros da balança aqui de casa. Eis aí dois problemas que estarão devidamente apontados na próxima pesquisa do IBGE.

49
Mães são eternas

Recebi uma encomenda especial: uma crônica sobre mães. Logo a mim, que fisicamente não a tenho há tanto tempo! Já vivi mais sem do que com mãe. Daqui a cinco meses, já terão se passado 25 anos daquele 16 de outubro. Sim, um quarto de século! Ainda era muito novo quando o impacto da separação dividiu a minha vida em duas fases.

Mas, apesar de tudo o que a morte ainda simboliza ao nosso parco entendimento, não estou aqui para falar de tristeza, mas de alegria. Pois o que um dia foi tristeza acabou virando saudade e, por fim, alegria. Em matéria de viver ao lado de quem amamos, o tempo importa pouco. O que conta mesmo é a intensidade. Quem ama de menos, portanto, está perdendo tempo e a oportunidade de amar mais e incondicionalmente.

Parodiando Santo Agostinho, "a morte não é nada". É apenas a transição para o outro lado da vida, onde o espírito se retempera para seguir seu caminho de evolução. Duvido que alguém consiga permanecer cético diante da possibilidade de um reencontro no mais além, de uma felicidade rediviva. Muitos dariam toda sua riqueza por apenas um abraço ou cinco minutos de conversa com um amor que partiu.

Órfãos, tenhamos paciência: uma mãe nunca morre. Dona Nadir, por exemplo, está vivíssima dentro de mim, assim como por nove meses eu estive dentro dela. Quem gera vida nunca perde a sua. Esse poder divinamente constituído, de carregar no ventre a centelha da criação, joga por terra qualquer possibilidade de fim. É uma dádiva que as mulheres recebem e que as diferencia dos machos cujo trabalho na concepção dura um átimo de segundo.

Sinto minha mãe em cada movimento meu, nos momentos em que olho para o céu para me nutrir de prece. Ainda somos unidos por uma espécie de cordão umbilical eternamente conectado por liames espirituais. Pela vida inteira, se tiver juízo, um filho pode valer-se da proteção do líquido amniótico convertido em manancial de água benta, porque nunca paramos de amadurecer e de depender da fonte primária do amor.

Orfandade não tem idade, dizem os sábios. É um sentimento que nos acompanha para sempre. Mas uma mãe de verdade nunca abandona seus filhos, mesmo quando faz a transição para outro plano. Eis o grande conforto. Se algum dia você estiver em dúvida sobre que caminho seguir, entre o certo e o errado, entre a ética e a improbidade, pense no que sua mãe lhe diria se estivesse por aqui. Pronto, você vai escolher certo.

Se ela é viva, melhor ainda. Honre-a a todo instante. Aproveite o tempo em que coabitam o planeta para ser um motivo de orgulho. Jamais a desaponte. Uma mãe nunca renega o filho que cai em desventuras pelas quais ele mesmo foi o responsável. Enquanto ela age para resgatar a cria que se desgarrou, vai enxugando as lágrimas e curando as feridas abertas pelo punhal da ingratidão.

Maio é o mês das mães, e fiz o meu melhor para entregar a encomenda especial. Justo a mim, que nasceu num certo segundo domingo de maio e foi logo dando trabalho em um dia de comemoração. Claro que a coincidência me fez sentir a última bolacha do pacote. Também, pudera! Pense comigo: você vir de presente para sua mãe justamente no domingo em que se celebrava o Dia das Mães! Site de compra nenhum tem tanta pontualidade. Eta cegonha porreta!

Parabéns a todas as mães!

50
Momento histórico

Estamos vivendo um período histórico, e como tal no futuro ele será retratado nos livros escolares. Os autores poderão escrever a respeito da pandemia do novo coronavírus sob os pontos de vistas sanitário e econômico. O primeiro relatará como e quantos a Covid-19 matou no Brasil e no mundo, tendo como ponto de partida uma cidade chinesa. A segunda angulação se concentrará nos impactos da doença na produção, no comércio, nas bolsas de valores, nas arrecadações públicas e no emprego das pessoas.

Transcorre o ano de 2020, e no exato momento, não é possível saber a extensão do problema, nem sobre o alcance das mortes e muito menos acerca do caos na economia. Podemos apenas projetar cenários nada alentadores, fundamentados nas notícias. Mas confesso que estou otimista em relação ao nosso país, uma vez que nos foi concedida a vantagem de termos sido afetados um pouco depois da Europa. Aprender com os erros dos outros é sempre melhor. Muitas vidas poderão ser poupadas, basta que coloquemos a ciência à frente de interesses políticos.

Mas a economia não perdoa. Falar em crescimento, recuperação e geração de empregos parece não fazer sentido agora. Governos terão de agir na tentativa de reduzir danos, e para isso o Brasil terá de estar unido. A cisão a que assistimos, com reducionismos entre direita e esquerda, em nada ajudará. De que forma a crise afetará a todos é o que interessa saber para que se tome as medidas certas. O futuro está literalmente logo ali – tomara –, quando a vida retomar seu curso normal. É um desafio e tanto para os administradores, de todas as esferas e setores.

A questão é: qual será a dimensão do estrago? Estaríamos presenciando uma espécie de Quinta-Feira Negra, expressão que remete ao 24 de outubro de 1929, data do crash da Bolsa de Nova York? Essa quebra desencadeou a mais devastadora crise econômica da história dos EUA, que se alastrou para o resto do mundo. Os 12 anos seguintes foram classificados como os da Grande Depressão. Dessa vez, a crise teve como epicentro Wuhan, capital da província de Hubei. É mais preocupante que a de 1929, porque antes de matar fortunas, mata pessoas.

A boa notícia é que vai passar, não tenha dúvida. Aos que ficarem pelo caminho, uma lágrima e uma prece. Aos demais, força para retomar os afazeres e reestruturar o que ficou abalado, no tempo que for necessário. Haverá muita procura por produtos e serviços, como o pote de ouro no fim do arco-íris ao cabo de uma tempestade. Como a história sempre é escrita pelos vencedores, essa tarefa caberá apenas aos resistentes.

De resto, temos a chance de rever conceitos e aprender coisas novas durante a quarentena e ao que se convencionou chamar de isolamento social. Nunca estivemos tão separados e tão juntos ao mesmo tempo. Unidos no desafio de vencer um inimigo invisível, mas potencialmente traiçoeiro. Juntos na esperança de passar incólumes por um momento de apreensão para, ali na frente, reencontramos o abraço fraterno, o beijo contido e até o simples aperto de mão.

À falta de álcool em gel ou de água encanada, mãos de par em par se juntam para rogar a Deus que salve o nosso planeta – a fé segue removendo montanhas. A tecnologia que nos faz virtuais também nos aproxima. Na verdade, é o amor que rompe os grilhões e nos arma com ânimo para suplantarmos o perigo. A situação de caos nos brinda com a oportunidade divina da solidariedade, porque estamos no mesmo barco. E mesmo se não estivéssemos ainda assim teríamos o compromisso de estender a mão.

A primavera logo chega, o sol brilhará no horizonte e banhará o quarto tão logo abrirmos a janela. Ali na frente e ao lado estará o semelhante, pronto para todas as demandas reprimidas. Então, o que se disseminará será o sorriso, este sim visível a olho nu. E enfim, renovados, haveremos de assistir ao romper de um amanhã muito melhor.

51
O mundo em miniatura

O mundo está menor que há cinquenta anos ou talvez que há apenas uma década. Evidentemente, o tamanho do globo é o mesmo, a diferença está nas coisas que a humanidade anda fazendo, ou mais precisamente na relatividade das coisas, conceito que leva em conta as variáveis tempo e espaço, conforme explicou Albert Einstein.

Se até as distâncias continentais foram encurtadas com o advento do avião, o lapso de tempo entre elas também ficou pequeno, fruto da instantaneidade das telecomunicações. Fazemos uma chamada de vídeo com a pessoa que está na Europa ou no Japão com um simples toque no aplicativo do celular – e sem gastar nada além do plano combinado com a operadora. Isso diminuiu a sensação de distância, com impactos até na saudade, hoje bem menos torturante graças à tecnologia.

Como reflexo das famílias com menos filhos, as mesas de cozinha são menores e os almoços, menos ruidosos. As casas, é claro, também entraram na dança. A preferência é pelas moradias com espaço apenas suficiente para acomodar o novo padrão familiar, nem um centímetro a mais. Porque escasso também é o tempo para cuidar da limpeza dos ambientes.

O corte do supérfluo, para economia de material, está em tudo. As gigantescas companhias empresariais, a pretexto da sustentabilidade, buscam fazer mais com menos. Um exemplo são as que nem existem fisicamente para o freguês, ou seja, não tem porta aberta. Elas conseguem enviar a mercadoria em tempo recorde para o endereço informado e a preço menor.

Mas as pequenas empresas também já descobriram o segredo e os benefícios do marketplace. Os negócios não exigem mais tanto espaço ou sequer uma sede com luminoso na fachada. Em poucos anos, a transformação já em curso obrigará cidades a repensarem a matriz geradora de seus empregos. A necessidade de mão-de-obra não acabará, mas está mudando de lugar e de especialidade. Não será surpresa se logo a oferta de prédios comerciais para locação supere, com larga vantagem, a demanda.

Veja as salas de cinemas: estão cada vez menores. Não se fazem mais telas imensas como antigamente. Aliás, edifícios imensos e recheados de rococós estão fora da prancheta dos engenheiros faz tempo. São sinais de uma era aprisionada no passado. Vivemos a fase das caixas de concreto revestidas de porcelanatos e vidros temperados. É um outro conceito de beleza.

A miniaturização das coisas passa, evidentemente, pela informática. O que era impresso em milhões de folhas de papel A4, e que exigia espaço generoso no arquivo, agora cabe em minúsculas memórias de computador. A Justiça limpou seus escaninhos e hoje só recebe processos pela internet. "O que não está nos autos não está no mundo", diz uma frase nascida do latim jurídico, e os autos agora só existem no mundo virtual.

Quando estudei economia, a classe tinha 150 alunos e os professores usavam microfone. Hoje, no curso de pós-graduação à distância, a sala de aula é circunscrita ao quarto ou a qualquer lugar em que seja possível acomodar o smartphone e a coluna. O conceito de exclusividade, que não é novo, ganhou impulso na nova compleição do mundo. Isolamento e conforto agora são palavras que se complementam.

Na contramão da nova ordem, as telas de TV aumentaram de tamanho, mas as que cabem no bolso as superam em funcionalidade e praticidade. São elas as responsáveis por nos manter em contato permanente com a realidade que nos cerca – a metros ou a milhares de quilômetros. O verso "Mundo mundo vasto mundo", de Drummond, perde a amplitude quando se observa que, tão pequeno ficou o planeta, o turismo espacial já é realidade. Só torço para que o acelerado apequenamento do mundo não apequene ainda mais a nossa alma, porque aí nada valeria a pena. Não é mesmo, Fernandinho?

52
Conversas inesperadas

Com quantas pessoas a gente conversa durante um dia? Alguém pode responder "depende", palavrinha que abrange a relatividade de quase todas as coisas. Depende, oras, de uma série de fatores: se estiver trabalhando ou apenas deambulando por aí. Se a pessoa é tímida ou já vai logo puxando papo com quem encontra. Se está num dia introspectivo, com a lua virada ou numa fase de dar bom dia a cavalo.

Se a quantidade de interlocutores varia conforme as condições de humor e até climáticas – em dias chuvosos, os encontros casuais ficam mais restritos e há pretexto para se enfurnar em casa –, a escolha dos assuntos é outra coisa que se compõe de uma série de variáveis que fogem ao nosso controle. Simplesmente acontece.

Há certos tipos que você encontra na fila do banco e com quem faz aquele comentário lacônico sobre o calor lá fora. Ele saca como a senha de que você quer conversa: já dá detalhes da previsão do tempo que ouviu de manhã, emenda com o resultado da rodada de ontem e já troca para o noticiário policial. Você pode responder com grunhidos ou dar uma resposta mais entusiasmada para esticar a prosa. Aí vai de cada um.

Se a pessoa estiver olhando o celular e puser o aparelho no bolso, é sinal de que está a fim de bater papo. Geralmente se começa com amenidades, como o tamanho da fila, a Mega Sena acumulada. Ou então, com temas mais chatos, como o aumento dos preços, o IPVA, o IPTU, as últimas do governo, etc. O mais falante é o que conduz, e muitas vezes o mais comunicativo é você.

Em menos de dez minutos de espera, lá se vão cinco ou seis assuntos, alguns dos quais concluídos com o desfecho batido: "não é fácil". Percebeu como até para coisas fáceis às vezes dizemos "não é fácil"? É um vício de linguagem comum em conversa fortuita, destinado a virar a chave para o próximo assunto. É um código que todo mundo entente.

Ninguém sai de casa com uma lista de coisas para comentar em encontros casuais. O repertório, como você já deve ter percebido, sai na hora, vai fluindo conforme a cara do freguês. Se a pessoa demonstra um vocabulário vistoso ou vai um pouco mais a fundo na explanação, você faz um esforço mental para encontrar alguma coisa mais inteligente para dizer. É preciso aproveitar o gancho para exibir pelo menos um pouco de conhecimento e não passar vergonha.

Mas, às vezes, ocorrem apenas frases aleatórias – o Tico e o Teco estão dormindo justo naquela hora. Aí você encaixa um termo técnico no meio de um "evidentemente" e se salva. O "evidentemente", mais que uma muleta semântica, sempre será uma prova de convicção e domínio absoluto do que se está dizendo. Dá até um certo ar de arrogância, se não tomar cuidado com a entonação.

Tem diálogos que fluem tão bem que uma terceira pessoa entra assim, do nada, e já vai dando seus pitacos. Aí chega a sua vez de ser atendido no caixa e você, claro, perde o fim da história. Nunca vi alguém deixar uma pessoa passar na frente para não perder um deslinde. O que demonstra que aquele colóquio acidental será esquecido em poucos minutos, tal sua falta de importância para a ordem mundial.

Os bate-papos com desconhecidos ficaram prejudicados com a pandemia. Até porque é somente para amigos que se dá um telefonema ou se faz uma videochamada com o intuito de entabular uma conversa fiada. Se você ligasse para um número qualquer e começasse dizendo que, "sei não, acho que vai chover", a pessoa desligaria na sua cara pensando das duas uma: tem um doido ou um golpista na linha. Uma conversa casual resultante de um encontro inesperado, portanto, têm o dever de ser presencial. São ótimos momentos para nos lembrar que jogar conversa fora é o que melhor sabíamos fazer muito antes de inventarem os aplicativos de celular. Não é fácil, não.

53
O tempo e o sonho

Os que nos antecederam nesta aventura doida sobre a crosta terrestre são nossas ligações com o passado. Volta e meia me pego a pensar numa coisa absolutamente impossível de acontecer, sob o ponto de vista da racionalidade: voltar no tempo para observar, à distância, a infância de meus pais. Corrijo-me. Não só a fase criança, mas as que se seguiram até pelo menos o dia em que se casaram. Naquele setembro de 1954 eu estaria lá, é claro, espiando do último banco da Matriz, sem deixar-me perceber pela noiva bonita a entrar de braço dado com o avô que não conheci.

Também discreto, bem escondido entre folhagens, olharia meu pai mergulhando num rio limpo e cheio de peixes, diversão corriqueira para os garotos que viviam no sítio. Acompanharia minha mãe-menina, sorridente e descalça entre irmãos e colegas, indo para a escola rural e depois aprendendo o desenho e a sonoridade das letras que mais tarde me ensinaria. As lições, essas foram muitas.

Faria questão de não me preservar de assistir o quão difícil foi a lida nos campos sob o sol inclemente a castigar peles e lavouras. Na tela da memória, a mensagem principal do filme seria mais uma prova de que tempos difíceis produzem gente forte, que não esmorece ante às tempestades do caminho. Aprenderia que é mais digno secar as lágrimas e chegar ao destino de pé enxuto. E os destinos foram vários, mudanças em busca de terras mais férteis e vidas melhores, num constante vaivém de feéricas utopias.

Em mais um salto no tempo, observaria com atenção as circunstâncias em que os dois adolescentes se conheceram e o momento no qual se aceitaram como namorados. Levaria uma câmera com boa lente para tirar uma fotografia, pois ali estava a chance de registrar o início da minha própria história, uma história que acontece a todo instante no mundo inteiro. Histórias de amor começam mais ou menos do mesmo jeito, apaixonadamente, mas cada uma segue seu enredo.

Teria de me segurar para não gritar: ei, vocês ainda não me conhecem. Prazer, eu sou Nilton, o número cinco. Vim do futuro. Sorriam para a foto. Ou coisa parecida. O mais provável é que não conseguiria dizer nada, pois a emoção embargaria minha voz ao contemplar a cena romântica, emoldurada por um céu salpicado de estrelas ou por um sol de raios dourados rasgando o teto azul típico de inverno.

Aproveitaria a viagem na máquina do tempo para vagar por aí apreciando a paisagem de uma era que hoje só existe em preto e branco. As cores verdadeiras ficariam eternamente em minhas retinas, assim como os lugares pelos quais mais tarde iria passar teriam mais valor na memória dos sentidos.

Que bobagem a minha! Uma incursão em que se pode retroceder na imensidão tempo-espaço já existe. Mas enquanto se aguarda a visita do pássaro dos sonhos, esses devaneios oníricos devem mesmo acontecer enquanto estamos acordados. E o melhor jeito de fazê-los reais e inesquecíveis é viver os momentos presentes como se fossem únicos e especiais, mesmo porque verdadeiramente eles são únicos e especiais. No meio dessa perene ligação entre passado e futuro, é viva a sensação de que quem nos antecedeu ou nos sucederá na longa jornada sempre está à espreita a nos inspirar as melhores decisões.

54
Jargões

Filho de jornalista está proibido de passar perto de matagal. Afinal de contas, matagal está cheio de bandidos. Aliás, bandidos não, meliantes. É para lá que seus pais mandam todos os que a polícia não consegue prender. Fugir para o matagal é um vício de linguagem incorporado ao texto jornalístico, invariavelmente poluído com dezenas de outras expressões não lapidadas na correria das redações. Repórteres do rádio interiorano, que têm menos tempo ainda, são os mais atacados pela fúria dos clichês do vocabulário.

Sempre se ouve por aí que a vítima foi assassinada com "requintes de crueldade", que é uma forma de dizer que a morte foi precedida de muito sofrimento. Ainda por cima, o coitado só foi localizado quando o cadáver estava em "adiantado estado de decomposição". Em todos os casos que se conhece "a perícia esteve no local".

Às vezes, quando leio ou ouço que "foi registrado" um "encontro de cadáver", tenho a súbita sensação de que uma associação de necrólatras promoveu mais uma edição do Encontro Nacional de Cadáveres. Confesso que leva alguns segundos (ou minutos, que meus neurônios não são lá essas coisas) para eu perceber que é um fato policial e não uma festa estranha.

O roubo e o furto também possuem seus lugares-comuns e suas frases feitas. Quando os ladrões (atenção para as variações: "larápios", "elementos", "gatunos", "amigos do alheio") não são "presos em flagrante delito", ao leitor sempre é esclarecido que "a polícia realizou buscas, mas infelizmente não logrou êxito". Os soldados recuperaram apenas alguns objetos em um "terreno baldio", mesmo porque sempre tem algum por perto, pronto para esconder o "produto de furto". As expressões da linguagem policial pulam diretamente para o texto, escrito ou falado.

Os repórteres invariavelmente informam que os integrantes da quadrilha estão "fortemente armados", mesmo que no fim seja apenas com uma "arma branca". O que não é problema porque sempre se monta "um grande aparato policial" para "desbaratar" o bando. Mas sempre algum espertinho consegue "furar o bloqueio" e ir sabe para onde? Acertou. Para o matagal.

Todos os dias algum casal chega "às vias de fato" por "motivos fúteis". Quando a coisa é feia mesmo, o jornalista não hesita em detalhar que um dos cônjuges "veio a óbito ao dar entrada no pronto-socorro", ainda com a televisão de 29 polegadas, tela plana, da marca Phillips enfiada na cabeça (a descrição do aparelho nunca falta).

Felizmente, quando é só uma "desinteligência", um "desentendimento", enfim, uma briguinha à toa, não tenha dúvida de que "com a "chegada da viatura, os ânimos foram serenados", evitando-se a perda de um "ente querido". Perceba: ente e querido são dois termos que se atraem, dentro do noticiário ou na fala cotidiana.

Os veículos envolvidos em desastre sofrem danos de grande ou pequena "monta", dos quais depende o estado de saúde dos ocupantes, identificados como vítimas "leves", "graves" ou "fatais". Incrível mesmo é que as vítimas de acidente nunca morrem, somente, mas "perdem a vida", um eufemismo cheio de condolências.

Bem, deve ter faltado algum jargão de que não me lembrei agora. Mas o objetivo dessa crônica já foi alcançado: fazer um alerta para que você nunca entre em um matagal, porque certamente ele está cheio de "meliantes" ou pior, de "elementos de alta periculosidade". Pronto, não falta mais nenhum.

55
Imprensa com farofa

– Os motoristas que forem pegos dirigindo alcoolizados vão receber multa? A pergunta foi feita a um policial rodoviário pela repórter de uma TV regional no último dia do ano. Fosse o oficial um pouco mais espirituoso, não perderia a piada: – Imagina! O motorista bêbado vai receber um celular de última geração com plano pré-pago pelo Estado.

A semana entre o Natal e o Réveillon foi um festival de falta de criatividade na televisão aberta. É sempre a mesma coisa. Vi uma dúzia de entrevistas com gente ensinando a arrumar a mesa da ceia. Assisti a dezenas de nutricionistas meio fora de forma dando receita de como desintoxicar o organismo depois da comilança. Acompanhei pelo menos dez receitas de lombo com farofa. Um continente de médicos deu explicações sobre a origem da ressaca e as formas de combater seus efeitos. Alguns, pela cara, falavam por experiência própria.

A Mega Sena da Virada ajudou os jornalistas a preencher a pauta. Contei umas 35 reportagens sobre a extração que prometia (e cumpriu) deixar alguém milionário. Dois acertaram as seis dezenas. Os repórteres entrevistaram todos os matemáticos e estatísticos do Brasil, que deram – é claro! – estimativas diferentes sobre a probabilidade de acertar os números. Todos – é claro! – concluíam dizendo que só não tem chance quem não aposta, o que é óbvio.

Se a imprensa andou chata, alguns publicitários foram cruéis com a figura mais popular do Natal. Propaganda de supermercado: o Papai Noel toca a campainha, a moça o vê pelo olho mágico e não abre a porta. O rapaz (Reynaldo Gianecchini), pergunta quem era e ela responde: ninguém. A mulher preferiu ficar a só com o Gianecchini a receber presentes do Papai Noel. Sacou? Esta outra propaganda, de uma loja de roupas, eu não entendi até agora: colocaram Papai Noel sobre um touro mecânico, o troço começa a pular loucamente e o derruba. O velhinho, com a cara no chão, ainda reúne forças para dizer: rou, rou, rou. Francamente, essa loja queria vender mais ou matar o Papai Noel?

Falando sério. Realmente, é complicado fazer reportagens em final de ano, quando a catarse do peru e do champanhe domina o brasileiro. Muita coisa para, muita gente sai de férias. Um jeito mais criativo seria lançar mão da boa e velha "gaveta", assim chamadas as matérias que ficam guardadas para uma hora de aperto. As TVs poderiam fazer reportagens interessantes durante o ano para serem apresentadas, de forma inédita, no período de festas. Assim, ficaríamos livres das receitas de lombo com farofa e, depois, de como desintoxicar o organismo e sobreviver à ressaca.

56
Cotidianas

A mãe beijou os filhos e caiu na estrada. Por anos, os dois guris ficaram com o rosto colado à janela que dava para a rua na esperança de vê-la voltar. O menino mais novo até ficou com o nariz achatado e vermelho. Lágrimas silenciosas embaçavam o vidro. O mais velho, quando cresceu, virou um próspero fabricante de janelas. O caçula caiu na vida. E a mãe? Soube-se que se sustentava limpando janelas de prédios – até perder, pela última vez, o equilíbrio.

●●●

Sempre desejou colecionar estrelas. Uma noite deu início à coleção. Alguns anos depois, acreditava possuir todas as constelações. Mas encontrou outros colecionadores e passou a trocar com eles estrelas de galáxias diferentes. Um dia fez a besteira de trocar a Estrela de Belém por uma que nem se via a olho nu. Tinha ciúme das Três Marias – passava noites lustrando o brilho delas. Não resistiu, porém, a uma oferta milionária e vendeu todas. Agora, como homem mais rico do manicômio, anda pensando em colecionar planetas.

●●●

Encontrar-se-iam às dez em ponto no vagão de cargas para fugir e viver para sempre juntos em algum lugar. Mas o trem descarrilou quilômetros antes. Quinze anos depois, tendo tomado rumos diferentes, sonham entre lágrimas de esguicho como suas vidas poderiam ter sido se o trem tivesse parado na estação naquela noite. E percebem, cada um a seu modo, como a felicidade de repente pode sair dos trilhos.

Seu Jair sonhou que o avião do patrão estava caindo e lembrou-se de que o velho comentara no dia anterior que viajaria para a França. Não teve dúvida: tarde da noite telefonou para a casa do dono da fábrica e contou o sonho. O velho, meio supersticioso, ficou atônito com a história e cancelou a viagem. Durante o café da manhã, assistiu no "Bom Dia Brasil" à notícia do trágico acidente aéreo. Correu para a fábrica e mandou chamar o empregado: "O senhor está despedido, seu Jair. Se sonhou é porque estava dormindo. E vigia, aqui na minha empresa, não pode dormir".

57
Mais que uma visita

Pela entrada principal, logo nos primeiros passos, a impressão é de uma atmosfera serena capaz de tocar sentimentos incrustados nos recônditos dos mais empedernidos corações. Serenidade que também é capaz de despertar uma inquietude pulsante, pois ali jaz parte da matéria que um dia compôs avós, tios, primos, pais, amigos, gente que caminhou animada em almas que, por algum motivo e finalidade, entrelaçaram-se às nossas. É a alma que habita o corpo ou o corpo que sustenta e dá forma ao espírito? Que diferença faz saber? O que embota o pensamento agora é a indisfarçável agonia provocada pela certeza de que poucos metros daquele chão sinuoso e esquadrejado por construções retangulares algum dia haverão de abrigá-lo.

Ele olha à esquerda e vê uma imagem religiosa esculpida em bronze, que imóvel silencia sobre uma lápide toda em mármore de Carrara. O óbolo oferecido – demonstram os sinais exteriores – muito provavelmente garantiu a travessia no barco de Caronte, ele comenta em voz baixa. Mais atrás, o que lhe pareceu um manequim de loja trajando vestido branco, véu e grinalda expõe uma homenagem de gosto duvidoso da mulher cujo noivo desencarnou no dia do casamento. Verdade ou não, pelo menos é a história que lhe veio à mente.

À direita, uma quadra inteira com velhos túmulos é a prova de que o esquecimento gerado pela morte pode ser tão doloroso quanto à transitoriedade da vida. Ou talvez o abandono se explique porque a família simplesmente foi acabando. Há retratos de soldados com fardas usadas na Guerra do Paraguai. No fundo dos olhos esbranquiçados e entristecidos pelo arrependimento, transitam cenas da carnificina inexplicável entre vizinhos. As lágrimas são rios inteiros banhados de vermelho tinto.

Nuvens que acinzentam o horizonte circunscrito aos limites do campo santo contrastam com o céu azul. Mas nem todos as enxergam. Os poucos transeuntes buscam as sombras das árvores, em cujas copas olhos seculares e cansados espreitam o movimento, ávidos pelo bálsamo de orações alheias. Quase ninguém os enxerga.

As datas afixadas nas placas denunciam a passagem do tempo e as dores que ele não pode aplacar. As frases, das mais emocionadas às mais ENGRAÇADAS, pouco dizem da personalidade de cada um – percebe o visitante, já meio exaurido em meio ao sol escaldante. O choro que ouve ao longe em acordes dissonantes lhe parece pertencer a uma escala acima na pauta das ilusões terrenas.

Ele aproveita para visitar o local onde descansam os parentes – os próximos e os distantes. Tudo muito rápido, porque o horário escrito na placa está prestes a expirar. O visitante então avista familiares e os abraça, pois parecem tristes demais. Um pouco mais ao fundo, amigos fazem alguma algazarra e ele ri junto. A piada é sobre ele. Uma súbita e atemporal pulsão de vida o invade. Entre cantochões e preces desconexas, enfim se dá conta de que no local há três portões, mas nenhum está aberto para ele.

58
Recado para Carlos

“Carlos, te amo para sempre. Lúcia. 23/7/85” Escrita com caneta de tinta azul, a mensagem encontrada na página 163 do único exemplar de “Cem Anos de Solidão” disponível na biblioteca demonstra mais que o amor de uma mulher por um homem. A palavra “sempre” dá a entender que Lúcia tinha a intenção de ficar com Carlos pelo resto de seus dias. Mas nada se sabe sobre o desenrolar da vida de ambos. Quantos anos tinham os apaixonados na época em que a declaração foi escrita? Eram namorados? Casados? Ou não passava de mais um caso de amor não correspondido? Teria sido um recado que Lúcia deixara na esperança de que o livro caísse, por milagre, nas mãos de seu pretendente? Para nenhuma dessas perguntas há uma resposta concreta.

A vida, com seus caminhos indevassáveis e muitas vezes incompreensíveis, empresta do amor alguns componentes capazes de mudar simplesmente tudo. A busca pela pessoa amada é, em última análise, definidora do destino de cada um. Quando se encontra esse ser que costumamos chamar de nosso ou de nossa, rotas são alteradas. Coisas somente se tornam reais se forem experimentadas. Quem não paga para ver não vê. É o futuro decidido por duas palavras: sim ou não. O sim pode levar a pessoa ao altar e a permanecer na sua cidade, trabalhando no mesmo escritório. Se disser não, pega o avião e vai para a Holanda vender flores.

Nessa perspectiva, há vários desfechos possíveis. Lúcia e Carlos se casaram numa cerimônia simples. Tiveram dois filhos, um casal. Seguiram trabalhando em seus ofícios e juntos financiaram uma casa. É o que se pode chamar de almas gêmeas. De vez quando se permitem uma viagem para o Guarujá ou um programa anual um pouco mais ousado, como passear por alguma capital nordestina. Conhecem quase todos os destinos turísticos daquela região e já chegaram até Buenos Aires.

Ou então: Lúcia se casou com o destinatário do recadinho manuscrito na página 163. Mas seu príncipe encantado a desencantou. Tornou-se agressivo. Alguns anos depois de trocarem juras de amor eterno, o castelo desmoronou. Sonho terminado numa sala de audiência, na frente de um juiz. Não era isso o que a moça de letra de professora desejara quando tinha juventude no olhar e a intenção de formar uma família feliz. Carlos hoje é alcoólatra e perambula de bar em bar.

Na terceira hipótese, a infeliz Lúcia nunca teve uma chance com o homem ao lado de quem desejava compartilhar sua vida. Carlos gostava de outra pessoa, que também não dava bola para ele. Desiludido, aceitou uma proposta para trabalhar em uma cidade distante. A última informação sobre a jovem é a de que ingressara em um convento, mas desistira ao reconhecer que não tinha vocação para a missão religiosa. A história poderia ter outro fim se Carlos tivesse visto a declaração deixada no livro. Mas, naquele dia, a biblioteca não abriu, e ele – um leitor assíduo – desistiu de ler o livro que deu ao colombiano Gabriel García Márquez o Prêmio Nobel de Literatura. Na verdade, nunca soube do amor de Lúcia. Ironicamente, esse descompasso parece que os condenou a viver muitos e muitos anos de solidão.

Os nomes são muito comuns. Há muitos Carlos e Lúcias por aí. Aonde estarão esses aí? Foram namorados? Teriam se casado? Ou se uniram a outras pessoas? O recado no livro foi apenas o engano de um coração juvenil? Para essas e muitas outras questões nunca saberemos as verdadeiras respostas. Tudo o que se sabe resume-se a uma frase escrita em um passado cheio de esperança.

59
A moça triste

Lá vem ela, a moça triste. É de uma tristeza que dá para sentir de longe, antes mesmo que ela adentre ao ambiente, qualquer que seja, o barzinho ou a missa que frequentamos aos domingos. Na hora em que o padre pede aos fiéis que se cumprimentem, ela o faz com o olhar baixo e a voz titubeante, quase inaudível. Dá vontade de se aproximar um pouco mais e desejar a paz, como manda a liturgia, e acrescentar o que ela mais carece, a alegria.

Dinheiro não lhe falta, porque a vejo circular com um carro de marca famosa. Para a moça, parece valer o ditado segundo o qual a felicidade não é mercadoria que se compra. Beleza, embora isso seja subjetivo, ela também tem. Quando esboça um sorriso contido, uma pequena luz se acende em seu rosto, realçando os traços da juventude que já lhe escapa. Não usa maquiagem, quando muito um batom sem brilho, para acompanhar o que também está ausente de seus olhos. Tem a estatura média das mulheres brasileiras, nem alta nem baixa.

Nunca a vi de mãos dadas com ninguém, e isso não é necessariamente um sinal de tristeza, mas talvez um efeito colateral – os felizes se procuram; os tristes criam barreiras imaginárias para esconder-se de uma possibilidade de amor. Você certamente já viu um casal formado por duas pessoas felizes, mas nunca por dois melancólicos, porque a melancolia é sempre solitária.

Conheço a moça triste faz tempo, mas só de vista. Não sei seu nome nem onde mora e o que faz profissionalmente. Mas já imaginei o quão enfadonha deve ser sua vida, os quilos de grilos que precisa espantar todos os dias, o esforço para sair do casulo e dar um passeio por aí. Mas logo penso que isso pode ser bobagem, porque nem toda pessoa triste é depressiva. Mesmo as irremediavelmente angustiadas.

Será que a moça triste toma algum medicamento que lhe melhore o ânimo? Se toma, estaria fazendo efeito? Já teria experimentado fazer análise ou tentado com as próprias forças aliviar a carga de amargura que possivelmente carrega? Será que nasceu assim ou foi coisa que aderiu a sua personalidade feito doença sorrateira? Há uma infinidade de perguntas que ficarão sem respostas. Talvez quem a conheça saiba porque ela é – ou está – desse jeito.

Tenho pena da moça triste, sobretudo quando a vejo absorta em meio às amigas que falam e riem sem parar, em uma mesa ruidosa. Mas ela não tem o olhar perdido, acompanha tudo de um jeito tímido, porém consciente. Só não compartilha da mesma expansividade das demais e, talvez, da eventual frugalidade das conversas. Parece plena em seus pensamentos, embora isso soe meio contraditório.

É preciso ser otimista demais para esperar que a transição para a maturidade possa mudar-lhe o temperamento. Se a moça triste ficasse alegre de uma outra para outra, não seria mais ela, embora isso fosse desejável, porque lhe faria muito bem. Um sorriso torna as coisas mais fáceis, é o que dizem. De repente algo que apontasse o caminho de um enlevo perene, que ajudasse a exteriorizar uma leveza no semblante, que enfim despertasse um turbilhão de hormônios associados ao alto-astral.

Dentre os acontecimentos cotidianos, há sem dúvida alguns aborrecimentos, mas nem um deve sobreviver por muito tempo, a ponto de cristalizar uma desolação duradoura. A moça triste não merece padecer dessa tristeza, uma tristeza que lhe antecede a chegada – talvez para vasculhar se ali existe algum vestígio de felicidade.

60
O Fusca do seu Gervásio

Um carro pode ser muito mais que um carro. Isso acontece quando ele passa a fazer parte da nossa história, pelo tanto de tempo que nos levou de lá para cá. A indústria automobilística sabe disso. O vídeo de despedida do Fusca, quando a Volkswagen parou sua produção, é uma prova. Quem ainda não viu, corre para o Youtube, depois é claro, de ler essa história, que marca o fim da relação de um homem com sua máquina. No caso, um Fusca 1979.

Seu Gervásio Tramonti estava acompanhado do filho Iselo quando foi buscar o possante, já com uns bons anos de uso. O branquinho estacionou na garagem do servidor público municipal por volta de 1990, sendo imediatamente incorporado à rotina da casa e recebendo as atenções e os cuidados dispensados a todos os recém-chegados. Quem já teve ou pilotou um sabe da valentia de um Fusca, o modelo mais emblemático do país, figurando em alta conta no coração dos brasileiros de várias gerações.

Não fazia muitos anos que seu Gervásio conseguira a tão sonhada carteira de habilitação. No começo dos anos 1980, após algumas reprovações na baliza, ele e o amigo Natal Galati descobriram que numa cidade do Paraná o processo era mais simples. Não pensaram duas vezes e rumaram para lá. Seu Natal já era um motorista experiente, ao contrário de seu Gervásio, que ainda não dirigia. Ele conta que o teste psicotécnico se resumia em fazer um desenho. Foi aí que a coisa pegou: Gervásio fez um coqueiro e o amigo optou por desenhar uma bananeira. O resultado foi surpreendente: Gervásio voltou da viagem devidamente habilitado e o que sabia dirigir foi reprovado! Talvez o avaliador gostasse mais de cocos do que de bananas. Dez anos depois, fez a renovação num município vizinho, Matão, porque a Ciretran de Taquaritinga não permitia a transferência de CNHs de outros estados.

Foi aí que o Fusca 1979 entrou na vida do homem que, por muitos anos, exerceu a honrada atividade de coveiro, profissional presente na derradeira hora de todos nós, em que carne e espírito seguem caminhos diferentes. Para garantir uma renda extra, era com outras carnes que seu Gervásio lidava. Providenciou um bagageiro para o automóvel e mandou fabricar uma enorme churrasqueira de tambor, toda articulada e desmontável, de modo a ser transportada para os locais onde era contratado para alimentar dezenas e até centenas de convidados.

Mas, como a vida não é só trabalho, seu Gervásio manteve por muito tempo, como diversão, um joguinho de truco. Sempre ia encontrar a turma na Fazenda Santo Anastácio, famosa também pelas partidas de futebol – era a casa do Cruzeiro, tradicional time amador de Taquaritinga. Um belo dia, na companhia do amigo Jamil Delarici, pegou uma estrada de terra que dava acesso à rodovia. Ao perceber que o condutor não dava sinais de que acionaria o freio antes de atravessar a rodovia movimentada, o colega avisou, preocupado:

– Gervásio, vem vindo um caminhão na descida.

– Ele que breca!

Até hoje Jamil diz ter pesadelos com o vento e o barulho produzidos pelo caminhão passando a milímetros do Fusquinha.

Eu mesmo já fui um passageiro do valente Volkswagen. Em virtude da amizade com Leandro, neto de seu Gervásio, fui convidado para ir ao distrito de Jurupema numa noite de São João. Fomos os três. Na volta à cidade, depois de assistir à passagem na fogueira à meia-noite, percebemos que as famosas curvas da vicinal, por algumas vezes, estavam meio fora do nosso trajeto – e não havia acostamento, como não existe até hoje. Mas, como o condutor não era de acelerar muito, chegamos são e salvos às nossas respectivas casas.

Todo dono de Fusca é generoso, perceberam? Nunca negam um favor para um conhecido, principalmente quando o assunto é importante. Foi assim que seu Gervásio atendeu ao pedido de três mulheres para levá-las à residência de uma benzedeira que morava na zona rural, nas proximidades da pedreira municipal. Tudo ia bem até um banco de areia atravessar sorrateiramente o caminho do "Poisé", fazendo-o tombar lateralmente.

Nenhum dos ocupantes conseguia sair, porque uma porta ficou virada para o chão e a outra, para o céu. Permaneceram na incômoda posição até passarem por lá algumas almas generosas, que destombaram o automóvel, que assim pôde seguir viagem como se nada tivesse acontecido.

O incidente ocorreu na ida, antes portanto do benzimento, que certamente foi grande valia para todos. Depois disso, foram apenas dias de glória para o veículo e o proprietário.

Seu Gervásio dirigiu seu carrinho por mais de três décadas, até os 89 anos de idade. Quando completou 90, em 23 de novembro de 2021, decidiu que era hora de parar. Ele tem boa saúde física e uma memória de fazer inveja, mas percebeu que os reflexos já não eram os mesmos. Depois de ver o companheiro parado na garagem por vários dias, achou por bem cedê-lo aos filhos, que agradeceram, mas abriram mão porque já tinham veículos mais novos. Diante da impossibilidade de permanecer na família, o jeito era vendê-lo, tarefa entregue a Iselo.

No alto de seus respeitáveis 43 anos de aventuras, o bólido de linhas arredondadas seguirá sua história pelas ruas, não de Taquaritinga, mas de Igarapava, cidade distante pouco mais de 200 km. O feliz comprador é Gilmar Siqueira, amigo e irmão de fé do filho de seu Gervásio.

Nossas ligações com um carro vão muito além de seu valor intrínseco. O mais valioso está nas recordações que ele nos traz, dos momentos de alegria e dos caminhos percorridos. Engana-se quem acha que um carro não tem sentimento, ainda mais um Fusca. O ronco é o batimento cardíaco do motor, som que ecoará para sempre no coração de seu Gervásio.

61
Campeões da felicidade

Joguei muita bola na vida. Não no sentido de ser bom, mas no de correr atrás da pelota de sábado e domingo, em três períodos. Era um viciado. Minhas canelas apresentavam ondulações permanentes, vítimas de adversários que davam pancadas, algumas involuntárias. Mesmo assim, era feliz.

Para quem pratica futebol, o auge é marcar um gol. Isso vale até para o zagueiro que cumpre bem o papel de impedir o tento adversário. Vencer o goleiro é uma sensação indescritível, chutando de longe ou entrando com bola e tudo.

Fiz muitos gols, perdi outros, como é normal a qualquer peladeiro. Porém, quando participava de torneios oficiais da modalidade mais popular do país, meu time sempre ficava pelo caminho.

Nunca ganhei um título no futebol. É uma frustração, sim. Por isso nunca senti o suprassumo da felicidade: levantar a taça de campeão. Sabe aquela de que o importante é competir? É bobagem. Aos vice-campeões e aos medalhistas de bronze a história dedica apenas notas de rodapé – ou nem isso.

Tudo isso aí em cima para dizer como deve ser gostoso vencer uma Copa do Mundo, uma Liga dos Campeões da Europa, uma Libertadores da América. É uma sensação para poucos. Uma sensação que eu gostaria de ter, não como torcedor, mas dentro do campo.

Imagino como deve ser: o jogo termina e o atleta sai comemorando, com o estádio cheio. É o ápice da endorfina, da serotonina e da dopamina no organismo. Além de tudo, o cara ganha rios de dinheiro, e pode festejar a conquista da maneira que bem entender.

Deixei os gramados e as quadras precocemente, com os joelhos cem por cento. Talvez ainda arrisque voltar e, quem sabe, alcançar o meu primeiro título de campeão, aproveitando que ainda há pernas para essa felicidade efêmera.

62
Dúvidas infantis

A propósito da guerra deflagrada pela Rússia contra a Ucrânia, impossível não lembrar das crianças. Assim como muitos adultos, elas não entendem direito o que está acontecendo, e por isso ficam amedrontadas. Se entendessem, ficariam muito mais, porque é impossível imaginar o que se passa na cabeça dos que têm um poderio nuclear ao alcance das mãos.

As crianças de hoje têm acesso a tudo. Até parece que nascem sabendo de muitas coisas, mas geopolítica decididamente não é tema fácil para principiantes nem em tempo de paz. Quando me pego a comparar com a minha infância, passo vergonha só de lembrar. Como televisão em casa nunca foi tabu, assistia à mesma programação dos adultos, já que os três pequenos não eram mandados para a cama quando uma voz tonitruante anunciava: censura 14 anos. Só depois é que se passou a usar a expressão "classificação indicativa".

Pontualmente às 20h eu estava no sofá, de banho tomado, para assistir ao Jornal Nacional. Nem era necessário me pedir silêncio porque desde pequeno me interessava pelas notícias, embora não compreendesse certas coisas. Por exemplo, as guerras. Toda vez que o Cid Moreira falava da

Guerra Fria, o que me vinha à mente eram pessoas brigando a uma temperatura abaixo de zero, com metralhadoras e canhões atolados na neve. Lembro que um dia, no intervalo, perguntei a meu irmão Waltinho o que era guerra nuclear. Não sei porque, mas para mim era uma guerra feita com insetos que invadiam os ares, o que não faz o menor sentido.

Já na Guerra das Malvinas (eu tinha sete anos), lembro de torcer para a Inglaterra. A contagem diária dos mortos punha os argentinos em grande desvantagem. Eu pensava: estamos ganhando. Isso depois de entender que brigavam pela posse de uma ilha, e Malvinas não eram mulheres batizadas com esse nome e que andavam se desentendendo. Fiquei desapontado ao saber que o Brasil apoiava nossos vizinhos. Mas vibrei quando o Sérgio Chapelin anunciou o fim do conflito, pois o assunto já tinha ficado repetitivo e, claro, me dava um pouco de medo.

No acidente nuclear de Chernobyl, com 11 anos incompletos, já devia estar mais espertinho. Só que não. Nem piscava vendo os repórteres dando detalhes dos perigos que representavam os reatores da usina na antiga União Soviética. Até suava frio, temendo que os ventos trouxessem "aquele veneno mortal" para o lugar onde eu estivesse. Com a sensibilidade do Analista de Bagé, para não me deixar traumatizado, meu pai me aliviou: deixa de ser bobo, moleque, isso é muito longe do Brasil. A terapia do joelhaço funcionava aqui em casa, meu velho também era "freudiano barbaridade".

Ver novela era liberado para os menores de casa, mesmo com todas as contraindicações. Os folhetins de hoje, na linha do politicamente correto, são mais puritanos que os programas da Rede Vida. Foi assim que aos dez anos de idade pude acompanhar Roque Santeiro do começo ao fim, "boiando" em algumas cenas. Aliás, a TV tinha um tal de regulador de voltagem, cuja função acho que era formar a imagem na tela. E o aparelho devia buscar bem longe, porque para assistir à Tela Quente tinha de ligá-lo na hora da Sessão da Tarde.

Voltando ao jornalismo, não compreendia algumas expressões, como Imposto de Renda da Pessoa Física. Então, o jeito era deduzir – agora eu sei – fazendo uma espécie de contorcionismo mental que resultava em erráticas associações vocabulares. Para mim, pessoa física era alguém com problema nas pernas. E, claro, pessoa jurídica só podia ser advogado. Quanto à figura do leão que a Receita Federal usa até hoje, achava o método cruel. Quem não pagasse o imposto estaria perdido: seria jogado na jaula para ser devorado pelo bicho, não antes de ser enrolado numa malha fina, sem chance alguma de escapar.

Cresci. E aprendi que a mordida do leão dói numa das partes mais sensíveis da anatomia humana, o bolso. Dizem que se aprende pelo amor ou pela dor, e não resta dúvida de que amor é sentimento que governo algum tem por nós. É tudo interesse. Quanto às dúvidas da moderna civilização, não há ignorância a que Google não dê jeito. Com o advento do smartphone, pouco adiantaria tirar as crianças da sala. O melhor é tentar tranquilizá-las sobre as notícias ruins que aparecem, sobretudo em tempo de guerra.

63
Da importância de ter um time

Todo homem deveria carregar um time no coração. Por menos fanático que se possa ser por futebol, adotar uma bandeira é uma decisão inteligente, que alça o sujeito a uma categoria superior na hierarquia evolutiva, que é a de torcedor. Como somos seres necessitados de grupo, isso dá uma sensação de pertencimento que só os iniciados têm o prazer de sentir.

Estar no meio de uma massa humana gritando frases de estímulo e cantando o hino do clube constituem uma emoção reservada a essa legião de loucos. Se um gol faz marmanjos abraçarem desconhecidos como se fossem irmãos, imagine o que pode fazer a conquista de uma taça. É uma alegria classificada no nível das coisas inefáveis.

Porque uma torcida é uma irmandade com códigos espontâneos, capaz de provocar arrepios, seja no silêncio que precede à cobrança de um pênalti ou na sincronia milimétrica de uma ola, a mais notável das coreografias das arquibancadas. O choro autêntico pode vir na vitória ou na derrota, nos instantes que se seguem ao título ou na desclassificação eventual. A disputa por pênaltis é o ápice, que acaba em explosão de felicidade ou em melancolia desmedida. Ambas não são recomendadas aos cardíacos.

Mas o esporte é tão democrático que, para torcer, não é preciso ir a estádios. Basta um radinho de pilha. Com os narradores do rádio, a transmissão é bem mais emotiva, na medida em que eles se esforçam para desenhar as jogadas na mente do ouvinte, muitas vezes aos berros. A TV oferece a vantagem das imagens, o que poupa os locutores de esforços fonéticos mais eloquentes.

Torcer por um time de futebol é coisa que aprendemos de pequeno, geralmente por influência dos pais. É a primeira herança e talvez a única que carregamos pela vida inteira, sem risco de se acabar pelo uso ou abuso. Existe o vira-casaca, uma indiscutível decisão pessoal, mas essa não é a regra.

Existe também aquele que bate no peito para dizer que torce somente pela seleção brasileira. Lamento informar, a esse prezado cidadão, que essa postura não o coloca na condição de admirador da modalidade. Mas tem pior, aquele que torce apenas em jogo de Copa, que é o mesmo que casar e abandonar a noiva na porta da igreja.

São inúmeras as vantagens de se ter um time e poucas as desvantagens, se é que se pode chamar assim. Durante os noventa minutos, que é o tempo regulamentar de uma partida, o torcedor esquece dos problemas cotidianos e põe atenção exclusiva no esquema tático e no desempenho de cada jogador.

Um jogo, mesmo que seja amistoso, é sempre bom pretexto para uma reuniãozinha de amigos, oportunidade para brindar a vida. Quer coisa melhor? Isso evidentemente não invalida o hábito de quem prefere assistir à peleja sozinho para não perder nem um lance. Tudo isso sem falar das gozações, que ficam ainda mais legais quando se está diante de um fanático. Um adulto, feito criança, é capaz de passar dias mandando provocações aos amigos que torcem para um time diferente do seu.

Dá para torcer por dois clubes? A resposta é sim. É perfeitamente possível ser corintiano ou palmeirense e dividir essa paixão com o time da cidade, se você mora no interior. Em caso de os dois se enfrentarem, há as seguintes saídas: esperar que haja um empate ou a vitória daquele que tenha mais chance de chegar ao título da competição.

Não existe estatística de quantos por cento da população têm um clube do coração. Mas, a julgar pelo amor do brasileiro por futebol, sabe-se que o contingente é grande. Um torcedor ou uma torcedora nunca fica sem ter o que fazer num domingo à tarde. Mesmo se o seu time esteja folgando na tabela, um torcedor de verdade sempre encontrará um joguinho para acompanhar, nem se for da segunda divisão do campeonato nacional da Arábia Saudita.

64
Questão de sobrevivência

Em recente estada na Europa para estudar, meu amigo João Pedro passeava pela Espanha quando foi interpelado por uma jovem que pedia dinheiro na rua. Os pedintes, como se sabe, não são exclusividade brasileira.

Como distribuir dinheiro não está fácil para ninguém, sobretudo em euro, como bom brasileiro, começou a falar em inglês para, na possível confusão de idiomas, ir escapando da insistência da moça. Mas, para surpresa do João, ela respondeu no idioma de Shakespeare.

Diante do perfeito inglês britânico, aí não teve jeito. Na Europa, até os pedintes são poliglotas ou aprendem um segundo idioma. É uma lição que os turistas trazem de volta. E pensar que no Brasil tem muito graduado que não domina nem a língua pátria!

De volta ao país, meu amigo esperava no carro a noiva fazer uma compra na farmácia quando se apiedou de um mendigo. Raspou as moedinhas que repousavam em um compartimento do painel, amealhando sessenta centavos, e as entregou ao rapaz que sequer pedira alguma coisa. E ficou vendo o celular.

De repente, vem à janela do automóvel um moço, em mangas de camisa, com um violão nas mãos.

– Vou cantar uma música para o senhor – anunciou.

– Colega, sei que depois você vai solicitar uma colaboração. Te adianto que dei todos os trocados que tinha para o rapaz ali.

– Não tem problema, chefia, vou cantar mesmo assim – respondeu com bastante educação, fazendo um pot-pourri com duas canções sertanejas, uma de João Mineiro & Marciano e outra que meu amigo não lembra o nome.

Terminado o show, cumprindo a segunda promessa, o cantor descumpriu a primeira, e fez uma tentativa de descolar alguma grana. Mas ouviu que fora avisado com antecedência que não mais havia dinheiro embarcado.

Com as novas tecnologias, as pessoas deixaram mesmo de usar o papel-moeda nas transações. Convenhamos, a crise também tem peso nisso aí, tá ok! Como dinheiro na mão é vendaval, é melhor usar o crédito ou o débito, quando apenas o necessário sai da conta.

Se tivesse uma moeda nos bolsos, certamente meu amigo de coração mole pagaria pela apresentação artística exclusiva sem pensar duas vezes. Para tentar sair da situação, sugeriu:

– Você precisa de uma maquininha de cartão.

– Isso eu não tenho. Mas estou vendo que o senhor está com o seu celular aí. Pode me pagar por Pix!

– Você tem Pix?!

– Sim, senhor. Sou morador de rua, mas tenho conta no banco, um celular e uma barraca, se quiser pode me acompanhar até a praça pra ver.

A história termina com o João fazendo um Pix de cinco reais em favor do músico, de quem não se pode esperar completo domínio do instrumento nem tampouco afinação de rouxinol. Isso pouco importa. O que vale é a estratégia.

Passeando por Barcelona ou comprando remédio numa modorrenta noite de domingo no interior de São Paulo, nunca se esqueça de que falar outro idioma e dominar uma tecnologia já não são exclusividades de uma casta que ainda pode pagar por casa, comida e roupa lavada. O mundo, decididamente, é outro. Certo estava Drummond quando alertou: "Viver em sociedade requer instinto de formiga, presas de leão e habilidade camaleônica".

65
Caloteiros.br

Depois do sucesso do site para consulta de dinheiro esquecido (milhões de acessos em poucas horas), já está no ar o site para o brasileiro verificar suas dívidas, de modo que todos vejam se têm uma pendenciazinha que de repente ficou para trás. É o www.caloteesquecido.br.

Após uma semana no ar, ninguém entrou, nem uma mísera consulta foi registrada. O site está às moscas. Até sinais de ferrugem estão aparecendo. Mas isso tem explicação.

Os bons pagadores, por óbvio, não fizeram buscas por se considerarem honestos, de vida financeira irrepreensível.

Já os caloteiros inveterados, bem, esses certamente ainda não colocaram seus CPFs à prova por puro esquecimento mesmo. Todo bilontra tem memória fraca. E dorme tranquilo. A insônia ele deixa para o credor.

Não alcançando o mesmo sucesso do outro, o portal deverá ser fechado por falta de movimento.

Resumo da ópera: para dívidas velhas não adiantam soluções novas.

66
Contemplação

Todos os fins de tarde agora remetem à condenação de ganhar a vida com o suor do rosto desde que, expulsa do paraíso, a raça humana irrefletidamente busca algo ao menos parecido. Já em casa, após o cochilo possível com o sacolejar do ônibus, o homem volve o olhar para o horizonte em agradecimento pelo cansaço de mais um dia vencido. Os braços erguidos como a alcançar o sol que se prepara para sair de cena, não sem antes exibir-se espetacularmente, como círculo perfeito e entrecortado ao longe por arranha-céus e a pouca vegetação urbana.

No limiar entre a tarde e a noite que se anuncia, os últimos raios tingem o crepúsculo com nuances que só a natureza é capaz de produzir – tons entre o azul, o âmbar e o lilás. É o efeito que se projeta em nuvens imóveis pela ausência de vento, formando fractais multicoloridas. Ninguém passa incólume ao avistar um horizonte assim, sobretudo quando o silêncio da solidão ecoa por dentro.

Mas não é o homem que se entrega voluntariamente à admiração do espetáculo. A sintonia se dá em sentido inverso, numa espécie de abdução de que são alvos aqueles que, no justo instante, despojam-se das amarras que subjugam o pensamento. Ali o homem tem a impressão de que não está só, algo divino o espreita.

E olhando a imensidão do céu, algumas palavras vão surgindo na mente. São todas conhecidas, embora pouco usadas no dia a dia, e todas solenemente positivas. Ele percebe então que elas se juntam e formam uma prece, uma oração cuja força não está na eloquência. É forte por ser autêntica como as coisas que verdadeiramente vêm do coração.

Pássaros a cruzar o cenário em voo de cruzeiro vão lentamente deixando suas silhuetas desenhadas na paisagem. Lembrando as cantilenas das aves que outrora tentava aprisionar, o homem que observa agora gostaria de ser um pintor que conseguisse transpor para a tela a cena que lhe carrega à infância, quando sonhos de liberdade o conduziam a um futuro diferente, a bordo de asas imaginárias.

Em meio à profusão de sentimentos, procura entender a razão das circunstâncias que se impuseram para que estivesse ali. E por que a simples contemplação do ocaso de um dia comum foi capaz de evocar tantas sensibilidades, algumas que sequer sabia possuir. Não há, no entanto, motivo para autopiedade, pois já leu em algum lugar que, a qualquer momento da vida, é possível começar a fazer um novo fim.

67
Os tempos são outros

Ouvi dizer que numa cidadezinha perto da minha as pessoas ainda se encontram nas calçadas para conversar. Nos fins de tarde, esparramam cadeiras ao longo da sombra que se projeta da árvore – lá, toda casa ainda tem pelo menos um arbusto na frente – e ali se entregam a alguns momentos de prazer e relaxamento.

É a hora de passar em revista a vida, principalmente a alheia, que é sempre mais interessante. No interior, em que o tempo até outro dia corria mais devagar, as pessoas se conheciam. Agora parece que os vizinhos se "encontram" apenas nos grupos virtuais criados para trocar uma sensação de segurança. É por lá, e só por lá, que se dão bom dia, alguns por meio de figurinhas.

As calçadas continuam sendo muito melhores que qualquer aplicativo, e não requerem nada além de uma garrafa de água gelada. Fala-se de tudo nesses minutos diários de confraternização, quando a temperatura já está um pouco mais amena. Num instante, vai-se das amenidades para a troca de receitas – de bolo e de remédio. Dicas valiosas – tais como "se peneirar todos os ingredientes, a massa fica mais macia" – são passadas para a frente. Mezinhas e segredos culinários são revelados, e se chá de poejo foi bom para a dona Maria, há de ser também para a dona Joana.

Enquanto isso, as crianças brincam na rua, no limite circunscrito ao quarteirão de casa. Sob o olhar dos adultos, a pedalada mais longa, o esconde-esconde, a amarelinha pintada no asfalto e o gol-caixinha em que ainda se pode ouvir: "Para a bola pro velho passar" - a sinceridade das crianças é cruelmente reveladora.

Mas essas cenas são cada vez mais escassas. Por questão de segurança, as pessoas deixaram de conversar na calçada. Se o portão fica trancado o dia todo, imagine se elas teriam coragem de abri-lo justamente perto da hora que escurece. A precaução, prima do medo, é um signo do nosso tempo.

Finda-se a geração dos que batiam papo e aproveitavam a brisa da tarde em espreguiçadeiras de varanda. Isso tem a ver, também, com falta de tempo. A rotina é tão maluca que o espaço que sobra - na verdade, não sobra - é usado para botar em ordem alguma coisa dentro de casa. Vida social, mais do que nunca, é tudo aquilo que se espreme nos intervalos dos compromissos profissionais.

Outro dia, passando de carro por uma rua quase central, vi duas senhoras exercitando a convivência crepuscular em suas cadeiras de fio vermelho. Ou seria verde? Havia ali um banquinho onde uma delas mantinha as pernas elevadas. Tive vontade de parar para um dedo de prosa. Não as conheço, o que não seria problema. Haveria de encontrar uma forma sutil de me apresentar sem causar estranhamento.

Mas não parei. Seria intromissão demais, principalmente em tempo de pandemia – ambas estavam sem máscara. Elas não se deram conta, mas são remanescentes de uma tradição que está se acabando. O interior não é o mais o mesmo, porque as pessoas não são mais as mesmas. Estamos nos esquecendo de que viver é conviver.

68
Em defesa do coração

Há muito tempo o amor despertou o interesse da ciência. Fundamentados na química e na psicologia, os estudos estão bem avançados. Os caminhos, em definição descuidada, resumem-se em reunir ou aprofundar os conhecimentos sobre a estrutura orgânica para perscrutar o que vai pela nossa alma. Nossa é maneira de dizer, porque tem muita gente por aí que, por disfunção ou descompensação, é incapaz de amar. Aproximam-se apenas para subjugar ou fazer até coisa pior.

Em algum dia do passado um iluminado teve a perspicácia de atribuir ao coração a responsabilidade de se apaixonar. Mas como, se ele não passa de um músculo metido à besta? Há controvérsia. E já vou avisando que aqui faço o papel de advogado de defesa – ou de uma espécie de quarta coronária, parafraseando a morfologia cardíaca. Talvez a explicação já comece pela etimologia, porque a palavra coração vem do latim, *cordis*. Por extensão, derivam dela outras que expressam amor: misericórdia, concórdia, destaca o amigo cardiologista Vitório Ernesto Pagliuso, um estudioso de corações e mentes.

Para a ciência, o cérebro é o centro de tudo, mas ainda assim é o coração que leva a fama. Certamente pelo fato de ele bater mais forte, muitas vezes a ponto de sair pela boca, quando se está diante da pessoa amada. Sem contar outras sensações lancinantes, como suar frio, tremer o menisco esquerdo, o úmero ou o metacarpo, um brilho diferente nos olhos, uma vontade incontrolável de se declarar, de mandar flores ou chocolates.

Nessas horas, o coração bombeia um balde de hormônios da felicidade para o cérebro, num esforço hercúleo por estar em posição inferior na compleição física, no caso de nós bípedes. Decerto por não pensar, mas simplesmente sentir e enxergar apenas virtudes, ele nos impele à maior aventura humana na Terra: amar outra pessoa, abrindo espaço para que o id, a nossa parcela mais instintiva, possa atuar livremente.

Por sua vez, o sabichão da caixa craniana, que se gaba da racionalidade difundida por sinapses químicas e elétricas, devolve o balde cheio de água fria, na tentativa de aplacar a chama que domina o colega do andar de baixo. Quer a todo custo pôr o superegro para trabalhar, nos impondo limites e chamando a atenção para os defeitos que o coração, cego de paixão, não viu.

Invariavelmente, o estraga prazer perde a parada. Ou você já viu uma cartinha de amor terminada com o desenho de um cérebro atravessado pela flecha do Cupido? Não, é sempre um coração, vermelho e pulsante, que aliás aparece em dez de cada dez canções românticas, nos antigos papéis de correio elegante e nas caixinhas de bombom. Mal comparando, o cérebro é o hardware e o coração, o software responsável por programá-lo – e não interessa a experiência ou a idade, o programador terá sempre a audácia dos principiantes.

Ainda viveremos para ver a invenção de um scanner que mostre o ponto de intersecção entre cérebro e alma, razão e emoção. A pessoa vai entrar em uma máquina, igual a essas de ressonância magnética e, em poucos minutos, o computador exibirá em cores e texturas o liame entre a matéria e o espírito que a anima. Só então, ao atravessarmos esse portal encantado, encontraremos a cura de todos os males, inclusive os de amor. Viva a ciência!

Como o coração funciona de forma involuntária, alheio ao nosso controle, é trabalho inútil tentar mantê-lo sob algum tipo de subserviência. Basta tratá-lo bem, alimentá-lo com boas quantidades de ternura, doses cavalares de gratidão, porções generosas de alegria e continentes de esperança. Não convém desdenhar desse nosso companheiro leal. Afinal, se ele tem vida própria, por que não teria vontade própria? Lembre-se: mesmo quando o cérebro começa a confundir alhos com bugalhos, ainda assim o coração é sempre o último a abandonar o barco.

69
Não será dessa vez

Boa noite, senhor.

Agradeço-lhe pelo envio da gentil mensagem em que me oferece seus produtos. Tenho certeza de que são da melhor qualidade. No entanto, no momento, não posso encomendar nada, nem um mísero grama dos potentes insumos. Suponho que os venda apenas em larga escala. Desculpe-me pela ignorância, mas até um minuto atrás não sabia para que serve calcário. Usei o site de busca e descobri que é útil para corrigir a acidez do solo, entre outras coisas.

Não posso, da mesma forma, comprar seus fertilizantes. Mesmo porque não tenho o prazer de ser proprietário de glebas destinadas à produção agrícola. Saiba, amigo, se me permite lhe chamar assim, que meu bisavô foi doador de terras para a formação de Guariroba (é um distrito de Taquaritinga, em que minha querida e saudosa mãe nasceu). O insigne antepassado do lado materno doou tanto de seu patrimônio que não sobrou um palmo de terra para mim.

Sinceramente, não sei se teria conseguido me tornar um agricultor caso tivesse herdado alguns alqueires. Minhas parcas touceiras de cebolinha e as salsinhas que morrem de sede porque esqueço de regar estão aí para provar minha extrema falta de habilidade. Mas, se tivesse terras, talvez pudesse arrendá-las para uma usina plantar cana e entregar-me um cheque ao fim de cada mês. Até que não é uma má ideia.

Ignoro como conseguiu meu telefone, talvez num grupo de mensagens virtuais. Ou então me tenha escolhido ao ver meu sobrenome italiano, e a italianada aqui costuma ser do ramo. Mas desse mato não sai coelho. Digo isso com dor no coração. Daria a mesma explicação de viva voz se o senhor tivesse usado o telemarketing, como fazem as operadoras de celular para ofertar seus planos. Diria tudo isso porque gosto de contar e ouvir histórias. Este é de fato meu ofício.

O agronegócio, prezado caixeiro-viajante digital, é o que está em evidência no momento. Aliás, sempre esteve. (O meu eu chamo de "magronegócio" porque é de pouca rentabilidade. Mas não posso reclamar.) Estamos na região da Califórnia Brasileira, como o senhor certamente sabe. Quando os jovens da minha geração estavam indo para Ribeirão Preto porque era lá, diziam, que o dinheiro estava correndo, eu pensava: se aqui, que o dinheiro está parado, eu não consigo pegar, imagine onde ele está correndo!

Antes de terminar, preciso lhe dizer que outro dia resolvi comprar umas galinhas poedeiras para habitarem meu quintal. Ovo é um alimento nutritivo, além de versátil. Porém, desisti porque as pobres galináceas teriam de aprender a ciscar para frente sob pena de bicarem o próprio pé, a julgar pelo espaço de que disporiam. E pelo preço do milho atualmente, é mais vantajoso comprar a cartela de ovos nos supermercados, que todos os dias enviam suas promoções pelo mesmo canal de que o senhor se serviu para fazer sua propaganda.

Mesmo abandonando a ideia de ser um pequeno avicultor, confesso que já tive vontade de adquirir uma fazenda, uma vez que não contei com a felicidade da herança nem tenho perfil para ingressar no MST. Quem sabe um dia um grande magazine lance um consórcio no melhor estilo "vem ser feliz". Se esse dia chegar, começaria formando uma roça de bacalhau. Pelos meus conhecimentos rurais, creio que basta plantar manjubinhas e irrigá-las com água salgada para que cresçam viçosas e se transformem no caro e apetitoso produto largamente consumido na Semana Santa. Agro é tec, agro é pop, agro é tudo.

Obrigado por me contatar, mesmo que virtualmente. Despertaste um mim a semente que um dia germinou no coração de meus antepassados que viveram de lavrar o solo, com o suor de seus rostos. Mas, no momento, não estou à altura de encomendar os insumos de sua empresa, para a qual deixo meus votos de sorte e sucesso. Só me resta desejar que eles possam ajudar a mãe terra a parir safras abundantes e suficientes para alimentar, com mesa farta e preços acessíveis, nossos irmãos brasileiros ávidos por um prato de comida nesse país feito, projetado e governado para poucos.

70
Nossos dinos importados

A turma chegou e já foi descendo as ferramentas da pick-up: picareta, pé de cabra e uma outra que serve de alavanca. Começam a arrancar pedras da calçada, mas não qualquer uma. Um homem de cabelos brancos dá as instruções, fazendo um xis nas que deveriam ser levadas. Algumas pessoas param para ver, porque chama a atenção o carro onde se lê Serviço de Paleontologia, com um dinossauro desenhado.

Os curiosos vão até ao chefe da expedição, que já esclarece sem meias palavras:

– Essas pedras têm marcas de animais pré-históricos – apontando para uma em que se vê um baixo relevo que lembra uma ameba com o corpo formado por anéis. Seria, na verdade, um pequeno réptil que fora encoberto por uma massa quente em algum lugar do passado remotíssimo.

Para ficar mais fácil de entender, o homem, que se apresentou como professor Toninho, explica que esse evento da natureza funcionava como um carimbo a esculpir na superfície a imagem de bichos surpreendidos pelo material incandescente, que ia esfriando aos poucos. No caso das pegadas, era mesmo a pressão das patas do animal sobre o chão ainda amolecido.

A calçada, que fica perto do único hospital de Taquaritinga, era um repositório dessas antiguidades. Por muitos anos, milhares de transeuntes caminharam sobre ela sem imaginar que se tratava de um elo perdido que pudesse despertar o interesse de um cientista da cidade vizinha. Monte Alto já havia criado até um museu de dinossauros, sob a orientação dele, Antônio Celso de Arruda Campos, o Toninho (1935-2015), grande autoridade no assunto.

Enormes espécies, terrestres e voadoras, habitaram a região há 180 milhões de anos. Apesar de tanto tempo, as pegadas vieram parar na construção civil. Os pedaços de rochas foram trazidos de uma pedreira de Araraquara, há dezenas de anos. Os que acabaram descobertos bem em baixo do nosso nariz tinham marcas visíveis.

No total, foram retiradas 38 placas de arenito, uma rocha que, para ser usada nas obras, bastava ser fracionada em pedaços de mais ou menos 70 centímetros. São pesadas e resistentes, por isso ótimas para pisos exteriores. O destino era o museu. Seriam catalogadas, estudadas e só depois expostas ao público.

As pegadas têm até nome: icnofósseis. Mas esses que deixaram seus rastros deveriam ser filhotes – ou terópodes e teropecidas, dinos de pequeno porte. Pelo tamanho das marcas eternizadas naquelas pedras preciosas para a paleontologia, os bichos calçavam no máximo 40 (a maior delas, em torno de 20 cm), a média de um pé masculino adulto. Foram extintos suspostamente pela colisão de um asteroide com a Terra 66 milhões de anos atrás.

O pesquisador informou aos repórteres que correram para o local, com base em pesquisas anteriores, que aqueles aos quais hoje denomino *carimbadoris araraquarensis* (até que esse seria um nome científico interessante) andavam sobre duas patas, como fazem os cangurus. Estar ali, naquele maio de 1999, era como testemunhar um pequeno movimento de seres da era mesozoica.

O episódio deu origem a nossa "calçada da fama", em que personalidades deixam impressas sua passagem pelo mundo, só que agora sem os rastros. Criou também a expectativa de que outras novidades viessem, que alguma escavação pudesse resultar em descobertas mais significativas. Mas não. Parou por ali. Nem um ossinho de tiranossauro rex. Foi até meio frustrante. Afinal, aqueles dinossauros nem eram nossos, eram importados da fauna pré-histórica de Araraquara. Monte Alto poderia pelo menos retribuir o presente, mandando para cá, sei lá, uma indústria.

Composto em FreightText Pro
pela Officio para a Almedina Brasil.
Sul da Ilha de Santa Catarina,
junho de 2023.